FOLIOTHÈQUE

Collection dirigée par
Bruno Vercier
Maître de conférences
à l'Université de
la Sorbonne Nouvelle - Paris III

Paul Verlaine

Sagesse Amour Bonheur

par Michel Viegnes

Michel Viegnes

présente

Sagesse

Amour

Bonheur

de Paul Verlaine

Gallimard

Michel Viegnes est maître de conférences à l'Université Stendhal (Grenoble III). Il est l'auteur d'une étude sur J.-K. Huysmans et d'articles sur la poésie et le récit bref au XIXᵉ siècle.

© *Éditions Gallimard,* 1998.

LISTE DES ABRÉVIATIONS

FRP *Fêtes galantes - Romances sans paroles*, précédé de *Poèmes saturniens* (édition établie par Jacques Borel), Poésie/Gallimard, 1973.

BJP *La Bonne Chanson - Jadis et Naguère - Parallèlement* (édition établie par Louis Forestier), Poésie/Gallimard, 1979.

OPOC *Œuvres poétiques complètes* (édition révisée, complétée et présentée par Jacques Borel), Gallimard, Bibliothèque de la Pléiade, 1962.

OPC *Œuvres en prose complètes* (texte établi, présenté et annoté par Jacques Borel), Gallimard, Bibliothèque de la Pléiade, 1972.

Les numéros de pages indiqués entre parenthèses sans abréviations renvoient au volume *Sagesse - Amour - Bonheur* de l'édition Poésie/Gallimard (établie par Jacques-Henry Bornecque, 1975).

INTRODUCTION

Le nom de Verlaine, au panthéon des poètes du XIXe siècle, ne brille pas d'un éclat comparable à celui de Baudelaire, Rimbaud ou Mallarmé. Certes, tout un chacun s'accorde à voir en lui un innovateur formel et un grand mélodiste de la langue. Il fut indéniablement de ceux qui s'essayèrent, avec le plus de bonheur, à « reprendre à la musique leur bien ». Mais, telle est encore l'opinion majoritaire, qu'on ne cherche pas dans ses vers délicatement dissonants un questionnement fondamental sur le langage, le sens, la condition humaine. Il n'a pas son pareil, dira-t-on, pour fasciner notre écoute mentale avec des timbres qui anticipent sur les recherches que Debussy et Satie mèneront en musique, ou pour nous divertir, voire nous éblouir par ses jeux de Grand Rhétoriqueur moderne, mais chez lui nulle «voyance», nul projet prométhéen ni orphique, aucun délire inspiré sur le Livre et autre alchimie du Verbe. Même sa mélancolie saturnienne, son exquise sensibilité automnale et les moiteurs de son front blême font pâle figure, si l'on peut dire, à côté du Spleen métaphysique des *Fleurs du mal* ou de l'Ennui mallarméen.

D'où la relative minceur de la bibliographie critique consacrée à l'auteur des *Fêtes galantes*. Une fois analysées la prosodie, la musicalité, l'arythmie, et éventuellement l'imagerie, le commentateur a souvent l'impression qu'il ne reste plus guère de « grain à moudre ». En outre, le recueil qui, plus que tout autre, serait à même de modifier cette image limitative de Verlaine, à savoir *Sagesse*, a souvent fait l'objet d'une certaine méfiance de la part des lecteurs les plus avertis et acquis à la cause du « pauvre Lelian ». D'une part, on se défie par principe de toute littérature religieuse, et il est vrai que le Verlaine catholique n'évite pas toujours l'écueil d'une certaine « bondieuserie » saint-sulpicienne, qu'un autre converti, Joris-Karl Huysmans, dénoncera avec sa véhémence coutumière, tout en proclamant son admiration pour le recueil dans son ensemble[1]. D'autre part les amateurs de jonglerie métrico-prosodique peuvent regretter le relatif — ou apparent — « assagissement » formel dont témoignent la plupart de ces poèmes, écrits au cours de la plus grave crise de sa vie. Mais c'est là, indéniablement, et à la faveur de cette expérience intérieure, que le poète nous offre ses textes les plus profonds. Lui-même considérait d'ailleurs que *Sagesse* constituait, avec *Amour* et *Bonheur*, auxquels il ajoutait *Parallèlement*, l'œuvre de sa maturité personnelle et littéraire, après les « enfantillages de la jeunesse[2] ».

1. Voir dossier, p. 184.

2. Voir dossier, p. 172.

Quoi qu'il en soit, et étant entendu qu'un auteur n'est pas nécessairement un lecteur très lucide de lui-même, il est clair que les préventions dont *Sagesse* a pu faire l'objet ont contribué à accréditer l'impression de légèreté que l'on associe à tort à la poésie de Verlaine. Nous nous attacherons ici à montrer que *Sagesse*, certes, confère un certain « poids » au corpus verlainien, mais que les recherches et innovations formelles n'y sont pas, pour autant, négligeables. *Amour* et *Bonheur*, qui prolongent l'inspiration de *Sagesse*, contiennent aussi des pièces qui relèvent de ce que l'auteur appelait l'« élégie sérieuse[3] », mais force est de constater que ces deux recueils ne sauraient soutenir un seul instant la comparaison, ni avec *Sagesse*, ni avec les œuvres d'avant la conversion, des *Poèmes saturniens* à *Romances sans paroles*. Aussi nous intéresserons-nous — pas de manière exclusive, mais en priorité — à ce recueil qui, selon Verlaine, « ouvre », pareil à une clé, tous les textes qui l'ont suivi[4].

3. Voir dossier, p. 172.

4. Voir dossier, p. 169.

I   *SAGESSE* : TOURNANT D'UNE VIE, TOURNANT D'UNE ŒUVRE ?

Si chacun se rappelle certaines pièces de *Sagesse* et les associe immédiatement au génie poétique de Verlaine — nous pensons à des poèmes comme « Beauté des femmes », « Le ciel est, par-dessus le toit... » ou « Je ne sais pourquoi... » —, il s'en faut de beaucoup que le recueil dans son ensemble soit aussi bien connu et apprécié. S'il en est ainsi, c'est avant tout du fait que l'unité de *Sagesse* n'apparaît pas aussi clairement que l'intention de l'auteur le laisserait penser. Verlaine a souligné l'unité de l'œuvre en la plaçant sous le signe d'une modification intérieure, d'un changement de perspective existentielle. Le recueil, paru en novembre 1880, fut conçu par lui comme le témoignage poétique du tournant d'une vie. C'est de ce tournant qu'il portera plus tard témoignage, dans un poème de *Bonheur* :

« Un projet de mon âge mûr
Me tint six ans l'âme ravie :
C'était d'après un plan bien sûr
De réédifier ma vie » (p. 197).

Il s'agit donc avant tout d'une conversion qui se veut prélude à une renaissance, mouvement intérieur qui voit le poète « se tourner » vers Dieu et vers les sacrements de l'Église catholique à la prison des Petits-Carmes, en Belgique, à partir d'avril 1874.

Trois épisodes fondamentaux peuvent être lus comme les prodromes de ce « retour » de Verlaine sur lui-même qui est aussi retour vers la foi religieuse. Jugeant qu'« il s'agit des retrouvailles d'une religion d'enfance », J.-H. Bornecque propose d'ailleurs de parler de « réversion » plutôt que de « conversion[5] ».

5. *Verlaine par lui-même*, Seuil, 1967, p. 119

L'ANGE DE L'ÉVEIL

L'aventure tumultueuse, à la fois picaresque et poétique, qui lia Verlaine à Rimbaud, de 1871 à 1873, est sans aucun doute le premier de ces épisodes. Cette relation fut à la fois intense et brève : Bornecque a pu faire remarquer[6] que les deux poètes n'avaient au total vécu côte à côte qu'une période de moins de huit mois. C'est bien pourtant cette

6. *Ibid.*, p. 73.

liaison passionnée — de nature clairement homosexuelle —, et l'ouverture vertigineuse qu'elle put représenter pour Verlaine, qui doit nous apparaître comme un catalyseur existentiel et poétique dans la destinée du poète de *Sagesse*. L'expérience créatrice de l'aventure quotidienne sans contraintes, que Rimbaud fit goûter à Verlaine avec une violence sans concession, devait atteindre son paroxysme et son point final le 10 juillet 1873 à Bruxelles, lorsque Verlaine, que Rimbaud était venu retrouver en Belgique après une rupture consommée à Londres, tire deux coups de revolver sur le jeune dieu. Mais Rimbaud, c'est aussi l'« ange du désordre », à qui Verlaine fait dire dans le poème « Crimen Amoris », de *Jadis et Naguère* : « Oh ! je serai celui-là qui créera Dieu ! » (BJP, p. 117). Rimbaud est le poète qui ambitionne une vision étincelante et déréglée, sans Dieu, ou mieux encore, en lieu et place de Dieu.

La fascination exercée par Rimbaud sur Verlaine ne peut donc être limitée à une simple réaction au charisme personnel de l'« homme aux semelles de vent », comme il l'a surnommé. L'enthousiasme s'alimente initialement d'une pleine reconnaissance de l'originalité poétique de la création rimbaldienne : car c'est bien Verlaine qui le premier reconnaît en Rimbaud le poète de génie dont il se fait le garant et l'initiateur dans les milieux littéraires parisiens dès 1871. Leur rencontre, fulgurante et désastreuse à la fois, contribua aussi à détacher Verlaine de celle qui incarna pour un temps son aspiration à la paix du cœur et au calme bonheur d'une existence bourgeoise. Rimbaud fut le grand incendiaire de ces rêves de papier, de ces contrats de chiffon passés avec la vie. C'était bien pourtant cette Mathilde Mauté, épouse sans doute limitée mais d'une patience au fond peu commune, dont Verlaine avait chanté, peu de temps auparavant, les charmes maternels et enfantins dans le recueil de ses fiançailles, *La Bonne Chanson*, paru en 1870. Une fois Rimbaud débarqué de Charleroi, et d'abord accueilli chez les beaux-parents de Verlaine, la « mauvaise chanson » — projet d'un titre de recueil qui attirera les sarcasmes de Rimbaud — retentit irrésistiblement. Pendant deux ans, ce ne seront pour les deux poètes que pérégrinations « au vent mauvais », de Paris en Belgique, puis à Londres et de nouveau en Belgique. À sa sortie de prison, et dans le sillage de sa conversion, Verlaine ira jusqu'à rejoindre Rimbaud à Stuttgart en février 1875, dans le vain espoir de convaincre son ancien ami des vérités de la foi catholique. La querelle théologique se terminera à coups de poing, laissant Verlaine inconscient sur la route.

CELLULAIREMENT

L'expérience de l'incarcération aura donc été intimement connexe à celle de l'intense et folle liberté des mois passés aux côtés de Rimbaud. L'enceinte de la prison des Petits-Carmes, où Verlaine fut prisonnier d'août 1873 à janvier 1875, répond par sa clôture à la fois physique et morale à l'ouverture indéfinie de l'errance poétique en compagnie de Rimbaud. Les *Romances sans paroles*, composées en 1872 et 1873 — au plus fort de l'expérience rimbaldienne — et parues en mars 1874, témoignent dans une certaine mesure de cette influence « libératrice » de l'esthétique du poète des *Illuminations*. Bien que sa sensibilité propre y soit au fond assez réticente, Verlaine se montre soucieux de rompre dans ce recueil avec les « paroles » des « sentiments intimes » au profit d'une « romance » purement « musicale » et dépersonnalisée. Le « je » n'a plus à « se dire » puisqu'il se forme et s'échappe à la fois dans la pure réceptivité de l'expérience poétique, de telle sorte qu'on est en droit d'affirmer que « cela ne veut rien dire[7] », en écho à Ernest Delahaye, lequel n'avait sans doute pas conscience de la portée d'une telle formule.

7. Ernest Delahaye, *Verlaine*, Messein, 1919, p. 168.

Dans cet ensemble, les « Paysages belges », datés de l'été 1872, sont sans doute les plus représentatifs d'une manière délibérément et impersonnellement musicale :

> « Dans l'herbe noire
> Les Kobolds vont.
> Le vent profond
> Pleure, on veut croire.
>
> Quoi donc se sent ?
> L'avoine siffle.
> Un buisson gifle
> L'œil au passant » (FRP, p. 137).

17

Il s'agit ici d'accéder à une poésie à la fois « pure » et « objective », libérée du souci d'expression d'un moi. Le « Quoi donc se sent ? » scande une évacuation du sujet tandis que les images mobiles et hardies, sans doute suggérées par le voyage en train, évoquent le choix d'une poésie kaléidoscopique et vertigineuse. L'espace du voyage et de l'expérience poétique détruit les limites de l'expérience du moi, ou plutôt, et plus encore, l'ouverture de cet espace exprime une poésie qui « se crée » dans et par l'expérience délibérément « déréglée » du monde et de la vie.

La plupart des pièces de *Sagesse* marquent au contraire un retour à l'itinéraire de l'âme, en une sorte de reprise considérablement enrichie et exhaussée de *La Bonne Chanson*. Si la rencontre de Rimbaud a ouvert l'espace poétique et existentiel de Verlaine, dissolvant les limites conventionnelles ou timides de sa nature et de son art, les mois d'emprisonnement vont « concentrer » son être en le préparant pour un nouveau départ. Verlaine semble du reste avoir joué avec l'idée de la vocation monastique, lors d'une retraite d'une semaine à la Trappe de Chimay. Mais sa nature « centrifuge » de « voilliageur » reprend vite le dessus : de retour à Paris, si la contemplation n'est pas son horizon, ce sera donc l'apostolat, projet « noble » qui cache en fait un désir de revoir Rimbaud.

La prison sera aussi le symbole de la passivité, de l'abandon à l'autre, ici la Loi et l'ordre, que sa timidité de « petit garçon » le conduit à rechercher et à respecter. N'ira-t-il pas d'ailleurs jusqu'à chanter avec nostalgie cette période « cellulaire » qui lui permit d'échapper pour un temps à ses vieux démons et de se blottir à nouveau dans la foi accueillante et terrible de son enfance perdue ? Une telle plainte lui échappe dans « Écrit en 1875 », un poème du recueil *Amour* :

« Maintenant que voici le monde de retour,
Ah ! vraiment, j'ai regret aux deux ans dans la tour ! » (p. 113).

La paix s'exprime dans les termes d'un retour à soi, qui circonscrit le domaine d'un être vrai, stable et protégé.

LA CHANSON EN ALLÉE

Les deux éléments que furent l'explosion rimbaldienne et la régression carcérale ont trouvé dans la séparation légale d'avec Mathilde, décrétée par le tribunal civil de la Seine, le déclic final qui devait conduire Verlaine à la conversion. Le choc de cette séparation, dont le décret lui fut communiqué en avril 1874 par le directeur de la prison des Petits-Carmes, contribua à le faire définitivement basculer dans le giron de l'Église. Tout se passa comme si la sécurité féminine du foyer, en se dérobant à lui, ne lui laissait ni l'appui ni les barrières protectrices qui devaient lui permettre de reconstruire sa vie au sortir de la prison. Cette séparation le renvoie ainsi, lui si passif, au vide de sa solitude. L'image de Mathilde, estompée mais tout empreinte de regrets, occupe d'ailleurs une place non négligeable dans *Sagesse*. Elle est liée, en dépit d'elle-même, au climat de bonheur paisible que suggère le retour à Dieu. Mais Mathilde perdue, le poète doit recouvrer un sol stable sur lequel son âme puisse s'étayer pour ne point sombrer. Le crucifix de sa cellule devient dès lors l'objet symbolique et transitionnel de son saut dans le vide, vers Dieu. Le *Catéchisme de la persévérance* de Mgr Gaume, prêté par l'aumônier de la prison et lu par Verlaine avec voracité, fera le reste.

QUELLE SAGESSE ?

Le titre *Sagesse* renvoie de toute évidence à l'expérience de la conversion, et se réfère à l'« assagissement » que consacrent les mois qui font suite au retour à Dieu. Le terme peut néanmoins poser problème dans la mesure où la perspective religieuse renverrait plutôt au concept de sainteté. La sagesse, dans son acception la plus haute, n'est-elle pas souvent considérée avec méfiance dans la littérature de piété ? Les auteurs chrétiens parlent volontiers de la « sagesse de la chair », orgueilleuse affirmation de l'intelligence naturelle. La sagesse des Anciens, celle des philosophes aussi, évoquent en climat fidéiste une sorte d'autosuffisance intellectuelle et morale qui exclut, ou du moins réduit, le travail de la grâce. Or l'approche religieuse de Verlaine est tout entière associée précisément au sentiment d'une fondamentale faiblesse de la nature humaine, en l'occurrence avérée par la sienne propre, si tant est que Verlaine soit bien une « faiblesse de la nature, au sens où l'on entend qu'il existe des forces de la nature[8] », comme a pu l'écrire Antoine Blondin. Pour ce qui est de la sainteté, elle semble hors d'atteinte : elle est comme l'horizon à la fois nécessaire et inaccessible de la foi :

8. Préface de *La Bonne Chanson, Romances sans paroles, Sagesse*, Le Livre de Poche, 1963, p. VI.

« Mais recevoir jamais la céleste accolade,
Est-ce possible ? » (p. 83).

C'est entre cette nécessité et cette impossibilité que se déploie le recueil. Reste pourtant ce titre, *Sagesse*, dont il nous faut mieux comprendre les résonances très particulières, diminutives en quelque sorte. Le mot « sagesse » revient dix fois dans le recueil, et trois fois — en des sens assez nettement différents, dans la première partie de celui-ci. Verlaine se désigne du reste lui-même comme « le Sage » dans le poème « La " grande ville " ». Il s'y campe en fier et digne témoin de la foi, en sa thébaïde soustraite au climat de stupre et d'orgie de Paris. La première occurrence de la « sagesse » intervient cependant dès le second poème du recueil, dans le cadre d'une allégorie de la prière présentée sous les traits d'une noble Dame « Toute belle, au front humble et fier » (p. 51). Dans le discours de la Dame adressé au poète pénitent en proie aux défaillances du cœur et de la volonté, dans cette véritable prosopopée de la prière, Verlaine égrène deux vers qui énoncent ce qui apparaît comme la réalité la plus haute de l'élan du cœur vers Dieu :

« Je suis le cœur de la vertu,
Je suis l'âme de la sagesse [...] » (p. 52).

Verlaine reprend ici un thème théologique et dévotionnel d'origine médiévale qui définit la Vierge, incarnation de la dévotion parfaite, comme « Siège de la Sagesse ». Marie personnifie la Sagesse qui précède la création du monde. Cette Sagesse est le contenu de la pensée divine et elle est par là même l'essence ou l'« âme » de toute sagesse humaine. Cette Sagesse est aussi amour de Dieu, constituant le « cœur » de la vertu humaine. Si la Vierge peut être ainsi invoquée, c'est non seulement parce qu'elle intercède en faveur de l'homme mais aussi et surtout parce qu'elle s'identifie à sa perfection essentielle[9].

9. Voir Jean Hani, *La Vierge Noire et le Mystère marial*, Guy Trédaniel, 1995, p. 87-88.

SAGESSE OU ASSAGISSEMENT ?

Mais ailleurs la sagesse n'est envisagée que comme un discernement humain et froid, tout enveloppé de méfiance :

« Il faut n'être pas dupe en ce farceur de monde
Où le bonheur n'a rien d'exquis et d'aléchant
S'il n'y frétille un peu de pervers et d'immonde,
Et pour n'être pas dupe il faut être méchant.

— Sagesse humaine, ah, j'ai les yeux sur d'autres choses [...] » (p. 54).

C'est bien ici la sagesse « selon la chair » de l'état profane, sagesse qui n'est autre que l'antithèse de la « folie » de la croix, de la sainte folie du sacrifice et du choix de Dieu répondant au sacrifice « fou » consenti par ce dernier, par amour pour ses créatures :

« Haute théologie et solide morale,
Guidé par la folie unique de la Croix
Sur tes ailes de pierre, ô folle Cathédrale ! »
   (p. 60).

On doit noter que Verlaine préfère réserver la réputation de folie à l'amour divin. La folie de Dieu est même multipliée par trois, en une sorte d'intensification expressive prenant prétexte du dogme de la Trinité, comme dans les sonnets mystiques de la seconde partie du recueil. L'âme y interroge le Divin : « Êtes-vous fous, / Père, Fils, Esprit », et Dieu lui répond : « Je suis Ces Fous que tu nommais » (p. 82). Du côté humain, en revanche, le chemin vers Dieu paraît plutôt s'identifier à l'enchaînement de « raisons » sages, et l'apprentissage studieux de la théologie l'emporte sur l'élan du « fou en Dieu ». Dans sa cellule de converti, Verlaine s'intéressa beaucoup au catéchisme et à la « saine » théologie, plus encore qu'aux effusions poétiques des mystiques. Ses lectures des Petits-Carmes et des années qui ont suivi, loin d'être principalement mystiques, laissaient la part belle à l'apologétique de Joseph de Maistre[10]. Comme s'il avait besoin de « s'asseoir » sur une base solide, de murer sa sensibilité vagabonde dans l'enceinte d'un credo imprenable. La préface de la première édition le dit assez clairement ; il s'agit moins de sentir que de penser : « L'auteur de ce livre n'a pas tou-

10. Auteur monarchiste et catholique (1753-1821), connu surtout pour ses attaques virulentes contre la Révolution française. Il exerça également une certaine influence sur Baudelaire.

jours pensé comme aujourd'hui » (p. 47). On est en droit de se demander si la sagesse que veut indiquer le titre du recueil n'est pas plutôt à mi-chemin — mi-chemin hautement équivoque du fait de son caractère intermédiaire précisément —, entre la sapience du cœur tourné vers Dieu et la prudence de serpent de l'homme en proie à la loi de la jungle sociale. Elle s'exprimera alors dans la nostalgie à la fois quelque peu médiocre et idyllique d'une évocation du XVIIe siècle finissant sous l'égide du Louis XIV « assagi » et converti et de l'« ombre douce » de Madame de Maintenon :

« Sagesse d'un Louis Racine, je t'envie !
Ô n'avoir pas suivi les leçons de Rollin,
N'être pas né dans le grand siècle à son déclin,
Quand le soleil couchant, si beau, dorait la vie [...] » (p. 59).

Cette sagesse « horizontale » semble réconcilier le sublime de l'élan dévot et la simplicité presque mesquine d'une existence embourgeoisée. La « sagesse » s'apparente dès lors à celle d'un « enfant sage », fatigué des turbulences et des excès. C'est une sagesse de lendemain d'orgie, une sagesse de componction quelque peu timide, et qui demande à se faire pardonner ses excès et violences passés : « Écoutez la chanson bien sage » (p. 68).

LES LEÇONS D'UNE PRÉFACE

C'est bien ainsi d'ailleurs que Verlaine s'efforce de nous présenter son recueil dans la préface de sa première édition — écrite à la troisième personne, comme pour se garder d'une proximité trop grande par rapport à un « je » peut-être encore impur de son association avec « la corruption contemporaine ». Il y a là le signe d'une tendance à se placer dans la posture passive, et donc quelque peu déchargée de sa responsabilité, d'un participant au climat d'une époque et d'un milieu. Il s'agira donc aussi de régler ses comptes avec la libre pensée et l'athéisme de la France nouvelle, les « petits amis » de sa « jeunesse folle » et de son épopée républicaine :

« Or, vous voici promus, petits amis,
Depuis les temps de ma lettre première,
Promus, disais-je, aux fiers emplois promis
À votre thèse, en ces jours de lumière »
(p. 62).

La tonalité réactionnaire de bon nombre de poèmes a de toute évidence partie liée à la volonté de se désolidariser d'avec un « moi » ancien. Elle est comme la résonance publique et politique d'une expiation. Il s'agit aussi d'un gage d'orthodoxie, d'une sorte d'authentification sociale, où l'on ne peut pas ne pas lire un effort pour rejeter sur un « climat » historique et idéologique la responsabilité des errances aujourd'hui reniées. Le poète passif et influençable est en quête d'une reconnaissance sociale, d'une respectabilité bourgeoise dont le souci ne l'a au fond jamais quitté. Ses positions autoritaristes sont aussi, plus profondément, la conséquence de sa vive conscience de la faiblesse humaine et de la nécessité des garde-fous sociaux.

Cette préface se présente aussi comme un véritable guide de lecture du recueil. Placée sous le signe de la rupture par rapport à un passé à la fois pudiquement évoqué et violemment rejeté, cette préface nous permet de lire les intentions morales de Verlaine, mais aussi de surprendre comme à la dérobée les ressorts de son esthétique. Le texte se donne comme un témoignage, une garantie, et, si l'on peut dire, une manière d'exorcisme poétique. L'itinéraire d'une âme y est proposé comme une illustration des voies de la providence, dans la tradition des *Confessions* de saint Augustin. Les entraves à la discrétion du pénitent n'auront trait qu'à « des événements dès lors trop généralement providentiels pour qu'on ne puisse voir dans leur énergie qu'un témoignage nécessaire, qu'une *confession* sollicitée par l'idée du devoir religieux [...] » (p. 47).

Cependant, on est en droit de penser que le souci de pieuse édification ne rend compte que fort partiellement de l'obsédante « lueur » du passé sur le miroir du poème : on y lit certes le signe de la miraculeuse précarité du présent, et donc l'irrésistible pouvoir de la grâce. Il convient néanmoins d'ajouter que la dimension spirituelle et morale du projet ne laisse pas moins transparaître une tension tout ordonnée aux envoûtantes délices de l'esthétique pure. Verlaine le laisse d'ailleurs entendre sans l'affirmer, lorsqu'il souligne le rôle recteur du souvenir : « Le sentiment de sa faiblesse et le souvenir de ses chutes l'ont guidé dans l'élaboration de cet ouvrage qui est son premier acte de foi public depuis un long silence littéraire [...] » (*ibid.*).

Ses humbles protestations de soumission à la bienséance catholique et les références contrites à ses œuvres de naguère n'en ont qu'une valeur d'autant plus ambiguë : « L'auteur a publié très jeune, c'est-à-dire il y a une dizaine et une douzaine d'années, des vers sceptiques et tristement légers. Il ose compter qu'en ceux-ci nulle dissonance n'ira choquer une oreille catholique » (*ibid.*).

Verlaine oublie d'ailleurs de mentionner dans son acte de pénitence les *Romances sans paroles* — plus dangereusement marquées par l'influence « diabolique » de l'adolescent de Charleville —, se contentant d'épingler les *Poèmes saturniens* et les *Fêtes galantes*, « péchés » poétiques qu'on peut en définitive considérer comme assez véniels. Il est clair en tout cas que son intention est ici de présenter au public une nouvelle identité poétique informée par son retour à l'Église. Reste à évaluer, au-delà des intentions exprimées, la réalité et la solidité de ces deux « tournants » — existentiel et littéraire — en même temps que la nature exacte de leur rapport.

VERLAINE CATHOLIQUE

Verlaine ne reniera jamais son retour au catholicisme. Sa vie ne restera pourtant pas longtemps, dès sa sortie de prison, à la hauteur de ses résolutions. De janvier 1875 à janvier 1896, date de sa mort, vingt et une années témoignent d'un lent et parfois brutal éloignement des rives paisibles de la « sagesse ». La tragique faiblesse de volonté du poète le laisse bien vite et bien souvent en défaut par rapport à ses protestations et à ses références de dévot. Certes, les cinq années qui suivent la sortie de prison représentent assez bien ce qu'aurait pu demeurer le plus « sage » Verlaine. Cette période coïncide d'ailleurs avec un séjour en Angleterre où il enseigne le français et le dessin dans diverses institutions : Stickney, Boston, Bournemouth, et, après deux années à Rethel dans les Ardennes, Lymington. Il semble bien que l'Angleterre ait fourni au poète une sorte de quiétude protectrice, image d'un exil et d'un repos constructif loin des désordres de la France. *Sagesse* présente d'ailleurs plusieurs tableaux idylliques de la campagne anglaise et de Londres, capitale que Verlaine avait pourtant fort peu appréciée lors de son séjour de l'automne 1872, en compagnie de Rimbaud. En un regard symptomatiquement « converti », elle représente aujourd'hui pour lui l'antithèse d'une existence désordonnée et vouée aux démons de la révolte, symbole d'une « sagesse » suavement protectrice. « Puissante et calme cité », la capitale britannique en vient à illustrer ce modèle de la stabilité respectable et placide au sein de laquelle Verlaine voudrait s'installer :

« Ô civilisés que civilise
L'Ordre obéi, le Respect sacré !
Ô, dans ce champ si bien préparé,
Cette moisson de la seule Église ! » (p. 99).

Images agricoles qui doivent frapper et surprendre dans l'évocation d'une cité « tentaculaire » où la « prospérité » — aussi vantée par Verlaine comme « fruit » d'une fidélité chrétienne — s'associe pourtant à l'entrée dans un monde nouveau d'industrialisme et de production. Les « lourds rideaux d'atmosphère noire » (*ibid.*) forment à la fois les murs protecteurs d'un espace bien défini, voile lourdement et pieusement tombé sur l'indéfini créateur, et la « densité » d'une humanité compacte et fidèle, ignorante des écarts stériles de « l'homme d'un jour ». Ici même, au cœur de la ville moderne, le bien moral s'hypostasie donc aussi dans des catégories rurales et pastorales, reléguant le citadin dans la zone maudite de la révolte et du chaos.

Paris figure au contraire ces excès et s'identifie donc à la « grande ville » entre guillemets, archétype infernal et, c'est le cas de le dire, « sodomique ». Ici domine une blancheur désertique et stérile où s'agitent des hommes dont la vie n'a point de sens. Mouvement, vanité, mais aussi secrets honteux des vices qui se dérobent au « jugement » de la lumière :

«Toujours ce poudroiement vertigineux de sable,
Toujours ce remuement de la chose coupable
Dans cette solitude où s'écœure le cœur!» (p. 101).

Verlaine reviendra pourtant terminer sa vie à Paris, traînant d'hôpital en hôpital les «stigmates» de ses débordements éthyliques et sexuels. Il aura entre-temps tenté de trouver hors des villes le havre de paix campagnarde auquel il associe l'idée d'une vie plus «vraie». 1880 le voit acquérir une ferme dans les Ardennes, où il s'installe avec son élève et protégé Lucien Létinois et les parents de ce dernier, agriculteurs. C'est un premier échec qui le ramène à Paris. En 1883, Lucien étant mort d'une fièvre typhoïde, c'est au tour de la mère de Verlaine d'acheter une ferme pour les parents Létinois, à Coulommes, toujours dans les Ardennes, où elle s'installe également avec son fils. Verlaine y mène une vie scandaleuse qui le ramènera en prison dès 1885. Durant les dix dernières années de sa vie, le poète, privé de sa mère décédée en janvier 1886, ne quittera guère Paris que pour donner une série de conférences en Hollande et en Belgique. Les amours déçues ou dérisoires avec un Cazals, une Philomène Boudin ou une Eugénie Krantz, les productions fort inégales d'une littérature alimentaire, les hauts et les bas d'une respectabilité littéraire et les séjours répétés aux hôpitaux Broussais et Bichat occuperont ces dernières années où la «gloire» relative de la renommée le dispute à la « misère » du cœur. Verlaine est certes bien loin des mystiques élans de *Sagesse* ; il le reconnaît d'ailleurs sans détour dans une de ses galantes palinodies de la dernière partie de sa vie :

« Je fus mystique et je ne le suis plus,
(La femme m'aura repris tout entier)
Non sans garder des respects absolus
Pour l'idéal qu'il fallut renier » (OPOC, p. 727).

Entre le « respect » de l'idéal et la « nécessité » du reniement, c'est au fond toute la notion profondément chrétienne d'une impuissance radicale de la volonté. Mais si la *felix culpa* est nécessaire, le « contentement » en ses œuvres dénote pourtant un avachissement de l'âme en son mal. L'ironie du vers final des *Chansons pour elle* — « Ô le temps béni quand j'étais mystique ! » — couvre ainsi d'un voile badin et dérisoire l'acceptation d'une impuissance. Le « tournant » d'une vie aura donc peut-être consacré une régression plutôt qu'il n'aura amorcé une véritable réversion.

DE *CELLULAIREMENT* À *SAGESSE* : BRICOLAGE OU TRANSITION ?

Peut-on parler de *Sagesse* au moins comme d'un « tournant » poétique ? La composition des poèmes du recueil s'étend très probablement de 1873 jusqu'à 1880, date de publication du recueil. Il s'agit *grosso modo* de la période de l'« âge mûr » dont il fut question plus haut. Une partie des poèmes précède la conversion. Le projet initial de Verlaine, pourtant postérieur à celle-ci et à sa communion intervenue en prison en août 1874, était d'ailleurs moins centré sur l'expérience religieuse que sur l'expérience carcérale en général, comme en témoigne le titre projeté, *Cellulairement*. Sept poèmes de ce projet initial, abandonné ultérieurement, seront inclus dans *Sagesse*. Sur ces sept poèmes, quatre n'ont aucun rapport direct avec l'expérience spirituelle de Verlaine, deux autres ne s'y rapportent que marginalement. Si ces pièces ne portent donc pas encore la marque d'une modification intérieure, faut-il pour autant les considérer comme transition ou « pré-texte » ? Il peut en effet s'agir d'une concession, plus ou moins inavouée, à une inspiration passée qu'on n'a pu totalement évacuer et qu'on réintègre dans son œuvre sous couvert de « sagesse » conquise. Le poème liminaire de la troisième partie du recueil veut prévenir tout soupçon de ce genre de la part du lecteur :

« Désormais le Sage, puni
Pour avoir trop aimé les choses,
Rendu prudent à l'infini,
Mais franc de scrupules moroses,

Et d'ailleurs retournant au Dieu
Qui fit les yeux et la lumière,
L'honneur, la gloire, et tout le peu
Qu'a son âme de candeur fière,

Le Sage peut, dorénavant,
Assister aux scènes du monde,
Et suivre la chanson du vent,
Et contempler la mer profonde » (p. 85-86).

La maturité spirituelle du poète, fruit d'un sincère renouveau intérieur, et son enracinement intérieur dans le sol de la grâce, l'autorise à reprendre le cours de sa vocation de contemplateur poétique. La « sagesse » des poèmes inclus dans cette troisième partie n'a donc nul besoin d'être explicitée dans des vers dévots ou mystiques, elle ressort simplement d'un regard purifié par le retour à Dieu. Pourquoi donc s'arracher les « yeux » puisqu'ils ne sont plus instruments du péché, mais témoignages et dons de Dieu ? Le lecteur pourra certes s'étonner que Dieu ne soit mentionné que dans le second quatrain du poème, au détour d'un « d'ailleurs » quelque peu débonnaire et incident. À cette interprétation de la marginalité du thème religieux — ou même à cette apparente absence de tout rapport religieux — comme prétexte, doit-on préférer une lecture qui lui donnerait la valeur d'un chaînon entre les différentes périodes ?

Les poèmes III, II et III, XI seraient alors représentatifs à cet égard. On peut les dater respectivement de juin-juillet 1874 et septembre 1873, c'est-à-dire de la période des Petits-Carmes précédant ou accompagnant la conversion, mais antérieurement à la communion du 15 août 1874, laquelle marque l'apogée du processus de conversion. Claude Cuénot qualifie le premier de

11. *La Bonne Chanson, Romances sans paroles, Sagesse, op. cit.*, p. 184-186.

«pièce rimbaldisante» et le second d'évocation «embondieusée[11]». Dans les deux cas, le Divin n'apparaît qu'en appendice ou *in extremis*, il n'est introduit dans le second poème que lors d'une seconde version. Les deux occurrences nous révèlent cependant une évolution intéressante. La première pièce constitue une sorte de biographie spirituelle — initialement intitulée *Via dolorosa* — en seize dizains pentasyllabiques qui sont autant de coups d'éclairs poétiques sur une vie ; la forme vive et kaléidoscopique du poème, qu'on dirait tout droit sorti des *Romances sans paroles*, se trouve ordonnée à une conclusion religieuse dont l'issue est sans doute encore incertaine («Est-ce vous, Jésus ?»). Les étapes multiples et forcenées de cet itinéraire préludent ainsi à une question qui est aussi un appel. Nous sommes bien dans le climat de la conversion, mais les choix poétiques de Verlaine ne s'en trouvent nullement modifiés. Au contraire, ils sont le véhicule formel d'un acheminement vers la lumière. Il s'agit à deux reprises, dans les termes de l'interlocuteur divin identifié en fin de parcours, de «lever la tête» ou de «regarder au-dessus.» Appel à une transcendance qui résonne comme l'invitation à un nouveau départ. Par contraste avec l'unité de direction du long poème «Du fond du grabat», le poème III, XI, «La bise se rue à travers», est une pièce reconstruite par ajout. Les six derniers vers ne figurent point dans le manuscrit initial de septembre 1873 :

> « C'est le printemps sévère encore,
> Mais qui par instants s'édulcore
> D'un souffle tiède juste assez
> Pour mieux sentir les froids passés
> Et penser au Dieu de clémence...
> Va, mon âme, à l'espoir immense ! » (p. 97).

Le paysage de fin d'hiver se trouve ainsi « allégorisé » à des fins édifiantes. En fait, la substitution du vers 14 : « Debout, mon âme, vite, allons ! » à la version initiale « Voici l'Avril ! vieux cœur, allons ! » réoriente elle aussi la signification du paysage d'âme. Les vers 12 et 13, « Ah ! fi de mon vieux feu qui tousse ! / J'ai des fourmis plein les talons » s'en trouvent du reste curieusement « décalés », du fait de leurs connotations de vagabondage affectif et sexuel. On peut bien parler ici d'un pieux « bricolage » poétique.

À côté de ces deux poèmes, les pièces sans rapport direct avec la conversion n'en constituent pas moins des théologies ou des mystiques en creux. En elles se dessine le vide d'où résonnera l'appel de plénitude. Le sonnet qui se clôt sur les vers « Va, dors ! L'espoir luit comme un caillou dans un creux. / Ah ! quand refleuriront les roses de septembre ! » (p. 92), plus que probable référence au souvenir de l'automne 1869, évoque nostalgiquement, en demi-teintes et en échos feutrés, le temps des promesses candides et des fiançailles avec Mathilde. Cette « sagesse » prénuptiale évoque un climat de pureté et de rupture avec les fièvres de naguère, dont on pressent les affinités avec le climat psychique de la « réversion ». La pièce suivante, évocation de la figure mystérieuse de Gaspard Hauser, suggère une identification du poète incompris et solitaire avec l'adolescent énigmatique de Nuremberg. L'expression de désarroi et de désespérance se clôt sur une benoîte requête de compassion : « Priez pour le pauvre Gaspard ! » (p. 93). L'orphelin de la vie et du monde ne peut que se placer sous le manteau de la charité et de la miséricorde ; la chanson évoque les accents ironiques et malheureux d'un Villon, et trouve ainsi la justification de son inclusion dans le recueil Malaise et désespoir que reprend sur un « mode mineur » le cinquième poème de cette troisième partie :

> « Un grand sommeil noir
> Tombe sur ma vie :
> Dormez, tout espoir,
> Dormez, toute envie ! » (p. 93).

Cette nuit profonde s'inscrit aisément dans le cadre d'une histoire de l'âme en attente de la lumière. Elle en est le prélude le plus immédiat puisque la date donnée par Verlaine, 8 août 1873, est celle de son premier jugement de condamnation par le tribunal correctionnel.

Une semblable détresse, résonnant comme un appel au secours, s'exprime dans le « Pourquoi, pourquoi ? » final du célèbre poème « marin » « Je ne sais pourquoi... » (p. 94-95), lequel est daté de juillet. L'intégration de ces diverses pièces à l'économie thématique du recueil, toute rétrospective qu'elle soit, n'est donc pas sans fondement. Il est également clair que l'ensemble de ces poèmes « rapportés » ne révèlent guère de rupture ni de « tournant » sur le plan de la facture : ils pourraient tout aussi bien s'insérer dans *La Bonne Chanson* ou dans les *Romances sans paroles* sans qu'on s'en étonne. Peut-on en dire autant du recueil dans son ensemble, et notamment des poèmes dont la rédaction, postérieure à la conversion, présente une orientation beaucoup plus directement religieuse ?

CONTINUITÉ D'UNE ŒUVRE

On doit répondre pour l'essentiel par l'affirmative. Observons d'abord que dans sa publicité « autocritique » du recueil parue dans *Triboulet*, Verlaine ne monte au pinacle la tenue technique de sa poésie que pour mettre l'accent sur la permanence d'une certaine qualité d'écriture : « La nouvelle tentative de M. P. Verlaine confirme toutes les qualités déjà connues de l'auteur : science consommée du vers, langue d'une haute correction, parfois d'une curieuse érudition, énergies superbes et grâces exquises[12]. »

12. Voir dossier, p. 167.

Une telle remarque est d'autant plus importante qu'elle tranche nettement avec ce que Verlaine a pu écrire au sujet des *Romances sans paroles*. Dans son « Pauvre Lelian », texte autobiographique inclus dans *Les Poètes maudits*, Verlaine se plaît à noter avec modestie que ce recueil, alias *Flûte et cor*, « contenait plusieurs parties assez nouvelles[13] ». La variété des pièces de *Sagesse* n'est en rien moins affirmée que celle des recueils précédents, et ce tant sur le plan métrique que sur le plan harmonique. Les tons eux-mêmes y varient extrêmement, de la nostalgie de « Chères mains qui furent miennes » à l'élan mystique de « Mon Dieu m'a dit », en passant par le sarcasme tendu des pièces antilaïques et la pesanteur didactique des dissertations théologiques versifiées du type de « On n'offense que Dieu qui seul pardonne ». Certes, la présence de dix-neuf sonnets, dont les dix sonnets centraux de la seconde partie qui constituent le cœur du recueil, semble indiquer une volonté de retour à des formes « consacrées ». Les trois recueils précédents de Verlaine ne comportaient pas un seul sonnet. Dans un sens parallèle, Verlaine parlera en 1890 du « mètre sacro-saint » de l'alexandrin comme du mode d'expression par excellence des « limpides spéculations » ou des « énonciations claires[14] ». On est assez loin du poète qui conseillait à ses confrères, dans le célèbre « Art poétique », daté originellement de 1874, de préférer le mètre impair, « plus vague » et donc ennemi d'une pensée trop géométrique (BJP, p. 56). La « géométrie mystique » du sonnet dont parlait Heredia n'a donc pas échappé au poète de *Sagesse*. Les sonnets de « Mon Dieu m'a dit » forment en ce sens l'élément le plus novateur dans l'œuvre de Verlaine. Ils constituent l'architecture poétique du chant mystique de l'âme en dialogue avec Dieu. La rigueur de la forme, évocatrice de la tension spirituelle qui les anime, n'y est pas exclusive

13. Voir dossier, p. 168.

14. Voir dossier, p. 171.

cependant des caractères généraux de l'écriture verlainienne. C'est ainsi que le rejet, l'assonance, la « simplicité » quelque peu prosaïque n'y sont pas absentes. Ces « signatures » n'en contribuent que plus à suggérer le chant d'une âme « en toute sincérité. » Et c'est bien cette aspiration à la sincérité qui constitue l'élément directeur de la poésie de Verlaine, telle que le poète entend lui-même la définir.

La « Critique des *Poèmes saturniens* » de 1890 exprime fort directement cette exigence : « La sincérité, et, à ses fins, l'impression du moment suivie à la lettre sont ma règle préférée aujourd'hui[15]. » Et si Verlaine se situe à distance des orientations du symbolisme, c'est précisément au nom d'une authenticité sentimentale et émotive que ce dernier lui semble négliger. « Quand je souffre, quand je jouis ou quand je pleure, je sais bien que ça n'est pas du symbole », répondait ainsi Verlaine à Jules Huret[16].

15. Voir dossier, p. 170.

16. Voir dossier, p. 178.

Si *Sagesse* ne modifie que très partiellement le paysage prosodique verlainien, il est certain que le recueil ouvre une nouvelle veine dans l'œuvre du poète. À partir de ce moment clé, l'œuvre connaît deux développements, l'un dans la continuité de l'inspiration religieuse, l'autre délibérément profane. *Amour*, *Bonheur* et *Liturgies intimes* participent de la première inspiration, *Parallèlement* et *Chansons pour Elle* de l'autre. Verlaine date lui-même cette « partition » de 1880, c'est-à-dire de *Sagesse*, et la définit comme un « parti pris » pleinement assumé. Le poète se complaît dans une schizoïdie poétique qu'il cultive avec délice puisqu'elle lui permet de ne renoncer à aucun de ses registres : « Je crois, et je pèche par pensée comme par action ; je crois, et je me repens par pensée en attendant mieux. Ou bien encore, je crois, et je suis bon chrétien en ce moment ; je crois, et je suis mauvais chrétien l'instant d'après[17]. »

17. Voir dossier, p. 169.

Comme ses deux « sincérités successives » ne remettent aucunement en cause l'unité de l'homme, la dualité de propos ne saurait voiler l'unité de ton et de « signature » qui se dégage de l'œuvre. Si Verlaine assume avec complaisance les deux registres de sa nature, il n'en revendique pas moins une unité d'écriture qui crée « un style reconnaissable à tel endroit de son œuvre pris indifféremment[18] ».

18. Voir dossier, p. 168.

II STRUCTURE DU RECUEIL

Verlaine dut essuyer refus sur refus avant de voir son manuscrit accepté par la Librairie catholique de Victor Palmé pour publication à compte d'auteur. L'ouvrage alla vite « moisir dans les caves » et la réception critique fut des plus réservées, tant dans les milieux littéraires proches de Verlaine, effarouchés par son catholicisme militant, que dans les cercles catholiques, quelque peu sur leurs gardes et généralement trop conventionnels pour comprendre le talent de ce « poète maudit ». Pourtant, peu après la mort de Verlaine, ses amis plébisciteront en majorité le recueil, dans la revue *La Plume*, comme « meilleure partie » de l'œuvre du poète. Verlaine le considérera toujours lui-même comme le meilleur de son œuvre, le recueil où il aura tenté de mettre toute son âme, encore brûlante de son essor vers Dieu. Mais cet « élan sincère » est aussi, nous l'avons vu plus haut, savamment construit : tout y est matière à édification, et ce aux deux sens du terme.

ORDRE ET SIGNIFICATION

Le choix des poèmes et l'agencement des séries révèlent un souci d'organisation, dont on serait bien en peine de trouver l'équivalent dans les recueils précédents. Cette exigence d'ordre résulte en partie de la logique rétrospective de tout itinéraire littéraire à composantes autobiographiques. Il s'agira donc d'orienter l'ensemble des étapes évoquées selon une finalité qui les transcende et leur donne sens tout à la fois. La structure en trois parties n'est sans doute point sans révéler une intention de ce type. Elle évoque allusivement le chiffre même du christianisme. Reste à savoir si l'on peut l'interpréter sans enfermer l'œuvre de Verlaine dans un moule qui en fige le mouvement et le génie propre. Diverses interprétations ont été proposées par la critique. Nous présenterons ici les plus marquantes avant de suggérer nos propres hypothèses.

ARCHITECTURE DE *SAGESSE*

Suivant le modèle de l'édification religieuse, V. P. Underwood divise le recueil sur la base de catégories empruntées à l'architecture sacrée.

Nous citons l'analyse d'Underwood *in extenso* : « Le recueil se divise en trois parties dont la deuxième constitue le saint des saints, pour ainsi dire, de la chapelle de la conversion ; les première et troisième parties en font les bas-côtés. La première partie, quoique composée pour la plupart *après* la deuxième, y prépare le lecteur par son ton de religion tantôt inquiète, tantôt triomphatrice. La troisième partie s'ouvre sur une paisible renonciation aux " civilisations " en faveur des " paysages ". D'une inspiration moins spécialement chrétienne, elle contient de fait plusieurs poèmes, paysages surtout, d'avant la conversion. Le poète les adapte assez facilement à son rôle de chrétien qui assiste aux scènes de ce monde sans s'y mêler. Il faut donc conclure que Verlaine dispose ses compositions selon des critères artistiques plutôt que chronologiques, ne se souciant guère de les faire correspondre avec exactitude aux étapes apparentes de son évolution religieuse[19]. »

19. Paul Verlaine, *Sagesse*, édition, notes et commentaires de V. P. Underwood, Londres, Zwemmer, 1944, notre traduction.

Ce modèle a le mérite de mettre en avant le caractère éminemment original et spirituellement « moteur » de la seconde partie du recueil. À la différence des deux autres parties, à la fois plus diverses et plus diffuses, fort inégales aussi dans leur inspiration et leur facture, la seconde partie, brève et dense, semble concentrer le propos de *Sagesse*. Elle ne comprend du reste que quatre poèmes, dont le dernier forme la série des dix sonnets de « Mon Dieu m'a dit. » À la seule exception du second poème, hymne en l'honneur de la Vierge Marie, toutes les pièces situent le poète dans une posture de parole et de prière, voire de dialogue avec Dieu. Par contraste, la première partie ne présente aucune occurrence de prière ni d'élan mystique vers Dieu. Le pécheur s'y adresse à son moi du passé (« Qu'en dis-tu, voyageur, des pays et des gares ? »), à son âme (« Pourquoi triste, ô mon âme »), à ses anciens amis (« Petits amis qui sûtes nous prouver »), à ses nouveaux modèles (« Vous reviendrez bientôt », dédié aux jésuites), à son épouse en allée (« Écoutez la chanson bien douce »), sans que ses paroles s'élèvent jamais jusqu'à l'appel à Dieu, ou jusqu'à l'oraison. De même, la troisième partie présente un retrait par rapport au contact direct avec le Divin, au « Je » et « Tu » de l'expression spirituelle. Les « scènes du monde » ont fait place aux acteurs du drame de la Rédemption. S'appuyant sur le fait indiscutable de l'éparpillement chronologique des pièces incluses et des reconstructions *a posteriori*, l'analyse d'Underwood a pourtant l'inconvénient de priver la structure ternaire de l'œuvre de sa dynamique, l'installant dans une symétrie peut-être trompeuse.

LES ÉTAPES D'UN PARCOURS SPIRITUEL ?

20. Paul Verlaine, *Sagesse*, éd. Louis Morice, Nizet, 1948, p. 19.

Louis Morice pense également qu'il « n'est pas excessif, à propos de *Sagesse*, de parler d'architecture[20] ». Il s'attache cependant plus nettement à définir le « déroulement » dynamique des trois parties constitutives du recueil. Il conçoit ces moments moins comme des étapes chronologiques que comme des états de psychologie religieuse « souvent concomitants ».

Louis Morice attribue ainsi à chaque moment un qualificatif qui en résume la « couleur » spirituelle : « La première [...] ascétique dit [...] la lutte engagée par le néo-converti contre le vieux moi [...] [commandée] par l'antithèse paulienne du "vieux" et du "nouvel Adam". [...] La deuxième partie, celle où Jésus attend son poète, où se noue le sublime dialogue, est toute mystique. [...] La troisième partie, "ouverte sur la nature", est surtout *pittoresque*. [...] Le poète, qu'on avait cru mort, nous revient armé de sens surnaturels, avec une plus riche vision. [...] Il voit tout avec des yeux nouveaux, "métaphysiques". Il peut tout embrasser[21]. »

21. *Ibid.*, p. 20-22.

On peut, à l'encontre de cette thèse, mettre l'accent sur les limites étroites d'une telle partition et sur les exceptions non négligeables qu'elle semble rejeter hors de son cadre trop rigoureux. Louis Morice le reconnaissait d'ailleurs déjà en ce qui concerne la première partie, puisqu'il considérait huit pièces au moins — les poèmes satiriques, politiques et nostalgiques de Mathilde — comme une « trêve » au beau milieu de la guerre sainte de ce premier volet du recueil. Certes, les deux premiers poèmes de la première partie donnent le ton d'un combat spirituel et battent le rappel des images martiales — chevaliers du Moyen Âge et Achille. Quant aux poèmes III à VIII et XIX à XXIII, ils évoquent de façon souvent pathétique la prise de conscience des faiblesses du « vieil homme » et les tremblantes résolutions d'un amendement intérieur. On peut concevoir aussi que les poèmes satiriques (XI et XII) participent d'une attitude polémique qui représenterait la dimension extérieure ou sociale du combat spirituel. D'une manière plus positive mais non moins prosaïque, les odes XIII et XIV — eulogie funéraire des gloires «chrétiennes» du prince impérial et hommage aux jésuites au moment de la dissolution des congrégations non légalisées — évoquent des figures de « soldats du Christ » qui peuvent apparaître comme des modèles d'héroïsme de la foi. Restent les poèmes de nostalgie amoureuse, XV à XVIII, qu'il paraît plus difficile d'intégrer à la structure proposée par Morice. À moins qu'on ne veuille les comprendre comme des actes de contrition amoureuse, des appels au pardon qui sont aussi tout empreints de repentir. Le vers mis en exergue de cette série, « On n'offense que Dieu qui seul pardonne », placerait ainsi ce cycle nostalgique sous le signe d'un même rejet du « vieil homme ».

SAGESSE ET AMOUR

22. *Sagesse*, Fribourg, 1982, p. 76.

Pierre-Henri Simon considère cette première partie comme « le cantique de la conversion et de la persévérance[22] ». Selon lui, le titre convient parfaitement à cette section. La sagesse chrétienne dont il serait question n'est rien d'autre au fond que le discernement du bien et du mal. Ce discernement s'exprime nécessairement dans l'imaginaire polémique de la lutte. Le critique a en revanche quelque difficulté à appliquer le titre du recueil à la deuxième partie : il préférerait l'intituler « Amour ». La litanie « Ô mon Dieu vous m'avez blessé d'amour », l'hymne marial « Je ne veux plus aimer que ma mère Marie » et les sonnets mystiques se caractérisent en effet par une tension de l'âme vers l'Aimé divin. Quant à la troisième partie, elle rassemblerait des pièces plus « composites et déconcertantes[23] ». Simon ne nous dit rien de son rapport au titre. Nous serions tenté d'y lire une précaire sagesse du compromis, une sagesse mondaine, pour ainsi dire. Le fait est que le « monde » n'est pas à proprement parler présent dans la seconde partie ; il ne l'est que dans les deux parties « latérales ». Chacune de ces deux parties se définit ainsi par rapport à lui, la première par exclusion, la deuxième par inclusion. Le sage de la première partie n'est donc pas celui de la seconde : le premier est un « prudent » — « Au moins, prudence ! Car c'est bon pour une fois » (p. 50) — aux yeux baissés — « Tes yeux sont aussi morts depuis les aventures » (p. 53) —, le second un « blasé assagi » aux yeux grands ouverts.

23. *Ibid.*, p. 77.

SAGESSE DISPARATE

Claude Cuénot récuse quant à lui la thèse « architecturale ». Certes, il reconnaît le caractère fortement structuré de la partie centrale, cœur mystique du recueil : « "Mon Dieu m'a dit" (2 août 1874) est tout brûlant de conversion et laisse distinguer les trois voies de l'ascension mystique : la voie purgative, la voie illuminative, et la promesse, dans l'au-delà, de la voie unitive[24]. »

En dehors de ce ternaire intérieur qu'il considère comme le noyau du recueil, le critique met l'accent sur l'extrême variété et l'aspect hétéroclite de l'ensemble : « À la différence de la cathédrale de Reims, je crains fort que cette noble cathédrale de *Sagesse* ne s'effondre au premier obus[25]. »

Il est vrai que Cuénot révèle un préjugé assez nettement défavorable à l'égard de ce recueil dont il répugne à faire le sommet de l'œuvre. Il y relève deux défauts majeurs : un prosaïsme familier qui confine à la platitude et à la vulgarité (« à force de simplicité, Verlaine est tombé dans la prose, dans une prose pleine de vulgarités et même d'argot[26] »), et un « conceptualisme » qui étouffe la créativité poétique. Pour lui, il est presque possible de dire que « le conceptualisme a tué la musique chez Verlaine ». Le caractère hétéroclite du recueil et son absence d'unité véritable tiendraient sans doute en partie à ces deux défauts. Il en serait ainsi du fait de l'élément disparate introduit par la variété du registre, de l'intimiste familier au platement didactique. Mais le « conceptualisme » critiqué par Cuénot serait aussi très probablement à l'origine du caractère « artificiel » de la construction du recueil, caractère « factice » que relève aussi Jacques Borel (OPOC, p. 219). Cette recherche d'un ordre « reconnu » et « rassurant » serait du reste parallèle, pour ce dernier, au relatif conformisme de Verlaine durant la période de composition de *Sagesse*.

24. *La Bonne Chanson, Romances sans paroles, Sagesse, op. cit.*, p. 183-184.

25. *Ibid.*, p. 187.

26. *État présent des études verlainiennes*, Les Belles Lettres, 1938, p. 63.

LA RECHERCHE D'UNE UNITÉ

Il nous paraît cependant indéniable que l'effort même de construction dont témoigne *Sagesse*, quel que soit son caractère souvent artificiel, traduit une volonté d'ordre intérieur. La régularité de la structure doit ainsi être conçue comme un analogue symbolique de la structuration spirituelle de l'homme nouveau. C'est par cet ordre que doit s'exprimer l'unité du recueil dont la diversité de ton et de facture n'est que trop évidente. Qu'il y ait eu de la part de Verlaine — comme en témoigne à sa façon le ton presque expiatoire de la préface — quelque intérêt directement « éditorial » et conjoncturel à « catholiciser » son recueil dans sa forme et dans son contenu n'invalide en rien la portée d'un souci plus intérieur.

Nous savons que la chronologie de composition des poèmes ne recoupe point l'ordre des pièces dans le recueil. En fait, les poèmes de 1873 et 1874, historiquement antérieurs, se trouvent concentrés dans la dernière partie. Nous pensons ici plutôt à une chronologie de l'âme en quête de Dieu. Globalement, les trois parties de l'œuvre correspondraient, selon ce schéma, au passé, au présent et au futur. La passé composé qui ouvre le recueil (« Le malheur a percé mon vieux cœur de sa lance », p. 49) imprime dès le début un caractère nettement rétrospectif à la première partie, confirmé par les regards du pécheur sur sa vie passée : « les pays et les gares », les « faux beaux jours ». Il tient aussi, par sympathie imaginaire, à l'usage d'images et de références se rapportant à l'histoire, surtout au Moyen Âge et au XVIIe siècle, mais aussi à l'Antiquité. Il tient enfin au rapport à un âge d'or perdu de la vie sentimentale, celui des fiançailles avec Mathilde, auquel se réfèrent quatre poèmes. Le présent de la parole et de la prière, éternel présent de l'âme, domine quant à lui la deuxième partie. Pour Verlaine, c'est la vérité la plus profonde de l'âme, donc la plus « présente », et ce bien au-delà du sens strictement biographique. Certes, le « j'aspire en tremblant » final oriente toute une espérance tournée vers l'au-delà futur, mais cette espérance est une grâce enracinée dans la présence de Dieu à l'âme et de l'âme à Dieu (« Et me voici... »).

Le « désormais » qui lance la troisième partie ouvre la perspective temporelle vers le futur, lequel s'identifie à la synthèse finale des mouvements de l'âme, à sa vérité non plus éternelle mais contingente, en rapport au monde. Encore faut-il ajouter que cette ouverture est bien plus programmatique que réelle. Il est en effet pratiquement impossible d'établir dans le détail un lien tant soit peu convaincant entre tel ou tel poème et la perspective de l'avenir. Nous savons d'ailleurs que bon nombre de ces poèmes évoquent moins l'avenir que le passé réhabilité ou réintégré *a posteriori* dans la sagesse de la foi. Curieusement, le côté disparate de cette dernière partie illustre fort bien les veines parallèles qui caractériseront l'œuvre de Verlaine passé le cap de *Sagesse*. En ce sens, la troisième partie nous apparaîtra comme le programme de l'œuvre ultérieure et définitive de Verlaine. C'est en elle que se lirait donc, quintessence de *Sagesse*, la maturité poétique de Verlaine. Entre la voix intime de *La Bonne Chanson* et les essais prosodiques et harmoniques de *Romances sans paroles* se dégagerait donc, dans *Sagesse*, une troisième voie. C'est en ce sens qu'Yves-Gérard Le Dantec proposait de comprendre *Sagesse* dans la postface de son édition du recueil : « La majorité de ces quarante-neuf pièces marque l'avènement de la troisième manière Verlaine, celle où le sentiment et les conquêtes dans le domaine musical ont trouvé leur équilibre définitif[27]. »

27. *Sagesse*, éd. Le Dantec, 1941, p. 197.

STRUCTURE TERNAIRE ET PROPORTIONS

Que nous indique l'examen attentif de cette structure ternaire ? Tout d'abord un certain déséquilibre quantitatif qui tempère la symétrie de l'ensemble. Si l'on considère le nombre des poèmes de chaque partie, on s'aperçoit que les pièces se répartissent comme suit : vingt-quatre dans la première partie, quatre dans la seconde et vingt dans la dernière. Traduite en nombre de vers, cette disproportion s'exprime ainsi : 742, 241, 550. Cette inégalité, tranchant avec la belle symétrie ternaire et architecturale, n'est pas sans signification. Le noyau spirituel du recueil prend d'autant plus de force qu'il se concentre dans un petit nombre de poèmes. Ce noyau montre lui-même une structure assez énigmatique. La quatrième pièce constitue le grand œuvre de la structure, grand œuvre rassemblant dix sonnets en une série curieusement divisée en six unités correspondant chacune à un sonnet (de I à VI), tandis que l'unité VII comprend trois sonnets, et que le dernier sonnet (VIII) inclut un dernier hémistiche détaché et marqué IX. Il y a là comme une série de stations intérieures où l'on reconnaîtra les phases mystiques purgative, illuminative et unitive[28].

28. Voir chap. III, « L'expérience mystique », p. 57.

Quant à l'importance quantitative de la première partie, elle tient à des raisons biographiques. La plus grande partie des pièces qui la composent sont postérieures à l'expérience « cellulaire » et participent donc du regain d'inspiration qui marque cette période. Cette partie initiale constitue également à la fois la vitrine et la muraille de défense du recueil. Verlaine y concentre le « gros de ses troupes » et le plus fort de ses références, les témoignages publics de sa conversion comme les confessions intimes de ses tourments de pécheur repenti. Plus extérieure au propos officiel du recueil, la troisième partie, quelque peu « fourre-tout », ne saurait mériter un volume équivalent sans dangereusement déséquilibrer l'économie du recueil.

BALISES D'UN PARCOURS POÉTIQUE

Étant donné le caractère disparate et largement rétrospectif du contenu du recueil, il semble d'autant plus important de considérer en priorité les poèmes de transition balisant chacune des trois parties. Ces poèmes sont en effet investis d'un rôle capital dans l'ordre rétrospectif et signifiant imposé au recueil. Leur choix, indépendamment de leur situation chronologique dans le temps biographique, révèle les grandes articulations et les orientations majeures du projet de Verlaine. C'est ainsi que le premier poème, « Bon chevalier masqué », donne le ton du recueil puisqu'il exprime, sous une forme allégorique évoquant le Moyen Âge, le fait même de la conversion. Il constitue également un raccourci sur l'expérience spirituelle dont veut témoigner Verlaine. Les trois stades de la mort, de la renaissance et de la « sagesse » recouvrée y sont distinctement marqués. Le « vieux cœur » percé par le malheur renaît « pur et fier » sous le doigt du malheur ; tandis que la dernière recommandation du « bon chevalier » est à la fois leçon ultime et note fondamentale du recueil :

« Et me cria (j'entends *encore* cette voix) :
" Au moins, prudence ! Car c'est bon pour une fois " » (p. 50).

Il n'est pas jusqu'au ton, empreint d'une simplicité quasi prosaïque, qui ne rende un son en affinité avec le projet d'ensemble du recueil. On préférera ce poème initial au dernier poème de la première partie, conclusion didactique tout empesée. Verlaine y développe un contraste académique entre la souffrance profane des Anciens, signe d'une âme « rude et vaine », et la souffrance chrétienne à l'immensité cosmique. À une introduction narrative qui évoquait une transposition spirituelle des romans de chevalerie répond une composition binaire fondée sur une mise en scène sculpturale : Hécube et Niobé d'une part, Jésus et sa Mère au Calvaire d'autre part. Le thème chrétien de la souffrance clôt la première partie comme il l'avait ouverte, formant ainsi un cycle purgatif et donc préparatoire. Le dernier quatrain montre la voie de l'ascension qui fera l'essentiel de la deuxième partie. Il appelle à un dépassement vers Dieu et en Dieu :

> « Ceux-là, vers la joie infinie
> Sur la colline de Sion,
> Monteront, d'une aile bénie,
> Aux plis de son assomption » (p. 76).

Les premier et dernier mouvements de la seconde partie encadrent tout le développement de l'élan qui fait suite à l'appel « vers la joie infinie », en exprimant le don de l'âme à Dieu et son acceptation par son Seigneur. Si le thème de la souffrance se trouve repris avec « Ô mon Dieu, vous m'avez blessé d'amour » (p. 76), c'est cette fois dans le contexte plus directement positif d'un mouvement vers Dieu. La souffrance et les faiblesses passées, les limites elles-mêmes ne sont plus seulement objets de pénitence mais elles sont offertes à Dieu dans une effusion de tout l'être.

L'expression de cette offrande est d'une extrême simplicité, presque commune dans l'absence de recherche des tournures et du vocabulaire :

« Vous connaissez tout cela, tout cela,
Et que je suis plus pauvre que personne,
Vous connaissez tout cela, tout cela,

Mais ce que j'ai, mon Dieu, je vous le donne » (p. 78).

La réponse divine qui clôt la deuxième partie n'est pas moins simple et familière : « Pauvre âme, c'est cela ! » (p. 85). La totalité de ce mouvement central se trouve placée sous le signe de l'authenticité d'une expérience dont le mode d'expression sera d'autant plus transparent qu'il est apparemment moins « rhétorique ». Le conseil évangélique relatif aux dangers des apprêts linguistiques et des équivoques — « que votre langage soit oui, oui, non, non » — semble présider, intentionnellement, au développement de cette partie mystique du recueil. La troisième partie est, on le sait, celle qui requiert plus encore que les autres d'être informée et orientée par des balises. Verlaine s'y est employé avec le premier poème, datant de l'automne 1875, moment ou il élabore la conception et la composition du recueil. Pierre-Henri Simon voyait dans ce poème la « définition de la sagesse chrétienne[29] ». On peut être plus réservé et ne lire dans cette sagesse qu'une manière de réhabilitation de l'amour du monde. Les vers « Délicat et non exclusif / Il sera du jour ou nous sommes » expriment ainsi un désir de modernité qui tranche avec les poèmes traditionalistes de la première partie. On remarque aussi, dans la conclusion du poème, l'usage d'adverbes atténua-

29. *Sagesse* de Paul Verlaine, Éditions Universitaires de Fribourg, p. 76.

tifs («plutôt contemplatif», «un peu méfiant des "usages"») exprimant une modération elle aussi assez nouvelle. Le poème qui clôt le recueil boucle le cycle de cette réhabilitation du monde dans la perspective d'un christianisme assagi ou peu soucieux d'ascétisme. Un lyrisme de célébration festive y préside, «chant du monde» spirituellement rehaussé en conclusion par l'intermédiaire des grands symboles sacramentaux :

«Car sur la fleur des pains et sur la fleur des vins,
Fruit de la force humaine en tous lieux répartie,
Dieu moissonne, et vendange, et dispose à ses fins
La Chair et le Sang pour le calice et l'hostie ! » (p. 106).

30. «Fête et jeu verlainiens», in *La Petite Musique de Verlaine*, CDU-SEDES, p. 49-60.

Comme l'a bien montré J.-S. Chaussivert[30], la « fête » spiritualisée qui conclut le recueil réconcilie les trois grands axes de la sensibilité verlainienne : la sainteté, les plaisirs de la mondanité et la quotidienneté de l'ennui et du travail. La conclusion confirme par là toute l'ambiguïté du recueil en tant que projet d'ensemble — et ce indépendamment de l'authentique vibration mystique des sonnets qui forment son cœur. La leçon doit-elle être : sagesse suprême, celle d'une spiritualisation du terrestre ? ou bien s'agit-il seulement d'un compromis esthétique avec le monde ? Un tel compromis, fût-il encadré de componction évangélique et de didactisme théologique, nous révélerait un Verlaine plus

55

« assagi » que sage. En ce sens, le problème de la composition de *Sagesse* ne laisse pas d'être d'une importance herméneutique cruciale : clé d'une ouverture spirituelle du recueil ou subterfuge d'un exorcisme ?

III   L'EXPÉRIENCE MYSTIQUE

De l'athéisme revendiqué dans « L'angoisse », un texte très « baudelairien » des *Poèmes saturniens* — « Je ne crois pas en Dieu » (FRP, p. 45) —, au credo démultiplié qui rythme les pages de *Sagesse*, d'*Amour* et de *Bonheur*, l'évolution est remarquable. Et cela d'autant plus que le thème religieux acquiert dans ces derniers recueils, *Sagesse* surtout, la dimension complexe d'une expérience mystique.

PURGATION, ILLUMINATION, UNION

Nous avons évoqué dans notre précédent chapitre la relation établie par certains critiques entre les trois parties de *Sagesse* et les trois phases de la vie mystique décrite par la théologie chrétienne traditionnelle : les étapes purgative, illuminative et unitive. La phase purgative correspond au rejet du péché, à la purification de l'âme par la voie ascétique et par la pénitence. Cette étape est donc en un sens négative puisqu'elle s'oppose à ce qui fait obstacle au rapprochement avec Dieu. On peut percevoir dans cette phase un climat de mort et de lutte qui trouve des échos dans la première partie de *Sagesse* :

« J'avais peiné comme Sisyphe
Et comme Hercule travaillé
Contre la chair qui se rebiffe » (p. 50).

Ou encore :

« Ô mon cœur, que tu ne vives
Qu'aux fins d'une bonne mort ! » (p. 74).

De ce caractère négatif de la phase purgative résulte l'aspect largement rétrospectif de la première partie du recueil. Il s'agit en effet de mourir, spirituellement parlant, aux attaches impies du passé.

Mais cette mort n'a de sens que par rapport à une nouvelle vie, à une vivification ou à une illumination par la grâce. Ce n'est plus dès lors la crainte qui constitue l'état spirituel dominant, mais l'amour : « Ô mon Dieu, vous m'avez blessé d'amour » (p. 76) ; « Je ne veux plus aimer que ma mère Marie » (p. 78) ; « Il faut m'aimer ! Je suis l'universel Baiser » (p. 81). Le dialogue d'amour entre l'âme et le Christ qui constitue le centre de la deuxième partie du recueil se termine sur une illumination par laquelle l'âme est restaurée dans sa plénitude :

« [...] me voici tout en larmes
D'une joie extraordinaire [...] » (p. 85).

Dans le cheminement mystique, cette vie illuminative répondant à la mort purgative rend possible, en ramenant l'âme à sa perfection, son union à Dieu. Cette dernière est à proprement parler l'étape mystique *stricto sensu* puisque c'est en elle que sont consommées les « noces spirituelles ». C'est ce stade, semble-t-il, que nous sommes en peine de retrouver pour parachever l'itinéraire tripartite de l'âme dans le recueil. Certes, le regard purifié et illuminé de l'homme suggère que ce dernier se trouve à présent uni à Dieu, à tel point qu'il est désormais en mesure de lire les messages divins dans le spectacle de la Création. L'âme est justifiée par sa fidélité à Dieu, et au-delà même par son union avec Lui. La « Chair » et le « Sang » du dernier poème du recueil — « Dieu moissonne, et vendange, et dispose à ses fins / La Chair et le Sang pour le calice et l'hostie ! » (p. 106) — corroborent cette lecture mystique de la conclusion du recueil. Ces éléments se réfèrent en effet au moyen d'union par excellence dans la vie chrétienne : l'eucharistie.

Dans le christianisme, l'union au divin s'opère principalement par la communion eucharistique. La manducation du pain consacré, dont la substance devient corps du Christ, n'est autre que la réception et l'assimilation de la nature divine. C'est ce que les catholiques et les orthodoxes désignent par le terme de transsubstantiation. Cette doctrine du changement de substance, du pain en corps du Christ et du vin en sang du Christ, s'appuie sur les paroles de celui-ci à ses disciples lors de la Cène, ou dernier repas : « Ceci est mon corps, ceci est mon sang. » Certains chrétiens interprètent ces paroles en un sens moins « substantiel », n'y percevant qu'un appel au souvenir de la Passion du Christ. Quoi qu'il en soit, les espèces eucharistiques, le pain et le vin, constituent des symboles de la présence ou de l'opération divine.

LIMITES DU MODÈLE MYSTIQUE

Il reste néanmoins que ce troisième moment de l'itinéraire mystique ne trouve guère d'expression, en dehors des deux poèmes d'introduction et de conclusion auxquels nous venons de faire allusion, dans la dernière partie du recueil. S'il doit s'agir d'union, c'est moins d'une union mystique à Dieu que d'une manière d'union poétique à la beauté du monde. Les paysages, la mer, les moissons et la fête sont quelques-unes des grandes figures de cette beauté de la Création à laquelle le poète aspire à participer par sa vie et par son œuvre. Si l'union à Dieu ne peut demeurer pour Verlaine que l'horizon inaccessible d'une aspiration vacillante, ne peut-on suggérer que le monde, dans tout ce que le poète est à même d'y lire de pur et de beau, fait office de substitut poétique à l'Objet divin, ou peut-être même de reflet immanent de sa présence ? Ainsi le parcours spirituel du recueil aura-t-il en définitive subi un infléchissement esthétique rendant abusive ou illusoire toute lecture intégralement mystique de son ensemble. Il faudra donc nous contenter de nous mettre en quête de la tonalité et du contenu mystiques du recueil dans ses temps forts, dans ses images et dans ses figures spirituelles dominantes.

PRÉSENCES DIVINES ET SPIRITUELLES

LE CHRIST

C'est incontestablement la figure du Christ qui domine, comme il se doit, la mythologie chrétienne de Verlaine. Pourtant, les références directes au Sauveur sont relativement rares dans le recueil. Il faut en fait attendre les sonnets de « Mon Dieu m'a dit » pour que le Christ apparaisse dans toute l'ampleur de sa nature divine et de sa fonction spirituelle. Il semble que Verlaine ait souhaité suggérer, de par l'ordre des poèmes témoignant de la présence de Jésus, une influence progressive, et comme insensible, de la figure rédemptrice. Déjà, dans le premier texte du recueil, la figure du « bon chevalier » (p. 50) n'était pas sans évoquer, sous une forme indirecte — il s'agit du Malheur — et allégorique, le travail de la grâce christique.

Quant à la première référence directe à Jésus, elle n'apparaît que sous la forme d'une mention faite par la Dame Suprême à « Quelqu'un [...] que j'aime » (p. 52). La troisième référence, cette fois totalement explicite, se situe elle-même dans un contexte abstrait et apologétique : il s'agit en effet d'un appel aux « membres sacrés de Jésus-Christ » (p. 63) que sont les paysans et les ouvriers du peuple français qui fut autrefois chrétien. Seule l'invocation du poème XXIII, « mon doux Seigneur » (p. 74), ouvre nettement la voie au dialogue mystique entre l'âme et Jésus qui forme la deuxième partie du recueil. Nous reviendrons bientôt sur le sens et les formes de ce dialogue.

Passé le cap de cette rencontre mystique, les deux dernières occurrences du nom de Jésus nous permettent de prendre la mesure de la distance séparant le climat de conversion de 1874 des accommodements avec le Ciel de

1884. La question, toute d'espérance timide, qui clôt le long poème autobiographique de 1874, « Du fond du grabat » : « Est-ce vous, Jésus ? » (p. 91) exprime l'imminence d'une grâce encore incertaine mais dont les formes se dessinent déjà comme en pointillé dans les prolongements du destin. Le travail secret de la grâce semble préparer « le repentir / D'un humble martyr » (*ibid.*). Un ton de crainte révérencielle anime donc cette invocation placée sous le signe du rejet du « vieil homme », l'homme marqué par la chute et le péché. Dix ans plus tard, le « Il faut m'aimer » lancé par Jésus à l'âme en gestation spirituelle se trouve remplacé par un « Mais, dit Jésus, aime, n'importe ! » (p. 103) dont le caractère désinvolte « n'interdit nullement », comme le notait justement Jacques Robichez, « l'abandon aux passions humaines et n'attend que l'offrande des amertumes qui les suivront[31] ». Ici, Jésus sert de garant tout formel à une spiritualité *pro domo* qui entend faire son engrais de toutes les déjections cyniquement revendiquées de sa nature déchue. Le « Aime et fais ce que tu veux » de saint Augustin, hyperbole mystique invitant à méditer la primauté de la charité, se trouve ainsi repris et travesti sous l'équivoque indéfinie du verbe aimer.

31. *Œuvres poétiques*, éd. Jacques Robichez, Garnier, 1995, p. 626.

LA VIERGE MARIE

La présence de la mère de Jésus est encore plus éparse dans le recueil que celle de son fils. Un signe semble illustrer cette importance secondaire de la Vierge : il s'agit de l'évocation du repas eucharistique — dans un des sonnets de « Mon Dieu m'a dit » — auquel le Christ invite l'âme à participer « pour y prier mon Père et supplier ma mère » (p. 84). L'initiale minuscule du mot « mère » nous montre un Verlaine plus sensible à la dimension humaine de Marie qu'à la fonction divine de la Corédemptrice. On pourrait s'étonner de ce caractère diminutif de la présence mariale dans le recueil, compte tenu de tout ce qu'on peut savoir de la passivité enfantine de Verlaine et de son besoin de protection. Sans doute la perspective verlainienne sur la féminité est-elle trop exclusivement liée à un enracinement terrestre, à un confort affectif et matériel, pour pouvoir donner lieu à une ouverture spirituelle sur le féminin dans sa dimension « surnaturelle ». Du reste, le thème religieux du pardon et de la miséricorde, associé traditionnellement à la Vierge, ne se trouvait-il pas préfiguré dans la supplique à Mathilde des « Ariettes oubliées » — « Il faut, voyez-vous, nous pardonner les choses » (FRP, p. 128) —, qui date d'avant la conversion ?

Un seul poème est donc explicitement consacré à la Vierge, et situé au cœur de *Sagesse* : « Je ne veux plus aimer que ma mère Marie » (II, II). Néanmoins, le second poème du recueil, que l'on pourrait interpréter comme une simple allégorie de la Prière, paraît constituer un tableau très complet des diverses dimensions spirituelles et salvifiques de la Vierge. Jacques Robichez fait état d'un rapprochement possible entre l'apparition de

32. *Ibid.*, p. 598. Selon la tradition catholique, la Vierge serait apparue à un groupe d'enfants, dans une grotte, près de Lourdes, en 1856. Cette grotte, et la source qui s'y trouve, à laquelle les croyants attribuent des guérisons miraculeuses, attirent encore aujourd'hui un grand nombre de pèlerins.

Lourdes[32] et le passage du poème qui consacre la manifestation de la Dame :

« Toute belle, au front humble et fier,
Une Dame vint sur la nue,
Qui d'un signe fit fuir la Chair » (p. 51).

Si cette « Dame » se présente au vers 73 comme une allégorie de la Prière (« Je suis la Prière »), ses paroles pourraient tout aussi bien suggérer qu'elle se nomme Sagesse, Miséricorde ou Vertu :

« Je suis le cœur de la vertu,
Je suis l'âme de la sagesse,
Mon nom brûle l'Enfer têtu » (p. 52).

En tout état de cause, le poème l'identifie à tout ce qui est le plus profond et le plus miséricordieux, à une essence de sagesse et de bonté. Verlaine reprend ainsi, en les adaptant, une série d'images empruntées aux litanies médiévales consacrées à la Vierge, telles que « Siège de la Sagesse » ou « Fontaine de Vie », images reprises et systématiquement exploitées dans « Je ne veux plus aimer que ma mère Marie ».

Ce dernier poème, œuvre mariale par excellence, se situe quant à lui au cœur du recueil, encadré par deux poèmes d'invocations directement adressées à Dieu et précédant les sonnets du dialogue mystique avec le Christ. On relève qu'à la différence de tous les autres poèmes de cette série, cette pièce prend plutôt la forme d'une résolution que celle d'une prière ou d'une adresse. On peut sans doute lire dans cette première différence le caractère moins urgent et peut-être aussi moins profondément senti du propos. Il n'est pas jusqu'aux deux derniers vers, pourtant directement adressés à Marie — à la différence de tout ce qui précède —, qui ne rendent un son plus didactique que les autres poèmes de cette deuxième partie :

«En vous aimant qu'est-il de bon que je ne fasse,
En vous aimant du seul amour, Porte du ciel?» (p. 78).

L'adresse à la Vierge est moins prière que discours sur la prière ou sur ses avantages.

FIGURES SECONDAIRES

À côté des deux figures principales du Christ et de la Sainte Vierge, la mythologie religieuse de Verlaine met en scène un certain nombre de personnages symboliques. Du côté bénéfique, on relève surtout la présence de l'Église. Cette dernière apparaît comme une mère aimante et protectrice mais ingratement traitée par ses enfants. C'est ainsi que les Français sont invités à redevenir les «Fils de l'Église» qu'ils furent sous l'Ancien Régime. L'Église est une présence à la fois forte et généreuse au sein de laquelle toute la faiblesse du poète se blottit. Elle incarne aussi tout ce que l'institution peut avoir de stable et de permanent, sorte d'enceinte sacrée prévenant les aventures périlleuses de ses enfants tentés par l'espace du possible.

Quant à ses grands représentants, telle sainte Thérèse d'Avila (III, XVIII), ce sont des porte-voix généralement plus scolaires qu'inspirés.

Si l'Église est la gardienne de l'âme par excellence, d'autres figures participent également de cette fonction protectrice. L'Ange gardien peut ainsi faire écho à la sagesse de l'Église en son sage conseil : « Fi, dit l'Ange gardien, de l'orgueil qui marchande ! » (p. 59). Mais il apparaît aussi dans sa gloire, analogue de l'Église triomphante, et dans l'invincibilité de son élan spirituel :

« Monte, ravi, dans la nuit blanche et noire.
Déjà l'Ange gardien tend sur toi

Joyeusement des ailes de victoire » (p. 72).

Parallèlement, la Croix investit le champ symbolique de la garde spirituelle — « La Croix m'a pris sur ses ailes » (p. 74) —, selon une orientation qui voit prédominer la dimension verticale d'ascension. La Croix élève le fidèle en le portant, en un renversement de la scène évangélique du port de la Croix par Jésus. Elle déploie ses « ailes » pour devenir principe de rédemption, selon la logique du sacrifice qui vit le Christ porter le poids du péché du monde afin de racheter l'humanité. En même temps, la Croix contraint à une perspective visuelle en contre-plongée, sa structure pointant vers le haut :

« Lève un peu la tête.
" Eh bien, c'est la Croix. "

Lève un peu ton âme
De ce monde infâme » (p. 90).

L'orientation du regard devient symbole de conversion spirituelle, comme s'il s'agissait de s'arracher à la pesante horizontalité du péché.

L'ENNEMI

Cette pesanteur du péché, principe de chute et de perdition, s'incarne elle aussi en des personnages qui hantent l'univers imaginaire de Verlaine, à commencer par l'Ennemi par excellence, Satan. Ce dernier est esprit de négation et de subversion, « vieux Satan stupide » (p. 61) associé aux projets prométhéens et illusoires de la modernité laïque et rationaliste. Il devient alors un « vieux logicien » (p. 71) fourbe et retors, dont la dialectique est un labyrinthe sans issue. Conformément à la formule biblique par laquelle il se définit, « mon nom est légion », sa réalité protéique, amoureuse du multiple, lui permet aussi de prendre toutes les formes et tous les déguisements :

« L'ennemi se déguise en l'Ennui
[...]
L'ennemi se transforme en un Ange »
   (p. 70-71).

Cette capacité du « Pervers » à revêtir des identités diverses est responsable de la tension dramatique de l'âme soumise à la tentation. Elle alimente en effet une ubiquité du mal qui intensifie la violence du climat de combat spirituel. Elle ne se révèle du reste pas seulement dans les formes visuelles de la tentation, elle s'immisce également au cœur de la conscience individuelle comme autant de langues ou de musiques du péché :

«Voix de l'Orgueil : un cri puissant comme d'un cor,
[...]
Voix de la Haine : cloche en mer, fausse, assourdie
De neige lente. [...]
Voix de la Chair : un gros tapage fatigué» (p. 69-70).

Ainsi se trouvent investis tous les registres principaux des modes d'être et de perception de l'âme assiégée par le mal.

HÉROS ANTIQUES

On s'étonnera peut-être de trouver dans *Sagesse* une assez grande quantité de références à des personnages de l'histoire et de la mythologie de la Grèce antique. Hercule, Sisyphe, Niobé, «un héros d'Homère» (p. 65) sont ainsi tout à tour mentionnés. Or, ces figures n'évoquent ici que la stérilité et la folie de l'effort humain. L'impuissance de l'homme privé du secours divin — « J'avais peiné comme Sisyphe » (p. 50) —, l'absence de finalité spirituelle des travaux et des jours — « Tu flânes à travers péril et ridicule, / Avec l'irresponsable audace d'un Hercule / Dont les travaux seraient fous, nécessairement » (p. 55) —, l'inutilité de la souffrance stoïque — Niobé n'est plus « qu'un marbre farouche / Là transporté nul ne sait d'où !... » (p. 75), renvoient toutes trois à l'absence de Dieu. Le monde antique se trouve ainsi identifié à un modèle symbolique dévalorisé. Ses figures deviennent des emblèmes d'une sagesse et d'une puissance illusoires. Particulièrement sensible à tout ce qui peut révéler les limites de la nature humaine et de l'effort individuel, Verlaine prend un malin plaisir à faire choir les héros de leur piédestal, les rapprochant ainsi de sa propre misère, qui est le terreau de son œuvre.

LE DIALOGUE MYSTIQUE

Si les personnages de la mythologie chrétienne, resitués et redéfinis par Verlaine selon sa problématique personnelle, nous ont permis de jalonner quelques-unes des voies de l'acheminement mystique, il reste que le cœur spirituel de l'expérience ne bat sans doute à sa pleine mesure que dans le cadre du dialogue intérieur de « Mon Dieu m'a dit ». Ces dix sonnets présentent une progression spirituelle évoquant parfois la tonalité des mystiques espagnols de la Contre-Réforme.

La période de la Contre-Réforme (fin XVIe et XVIIe siècle) voit l'apogée de la mystique espagnole, notamment avec saint Jean de la Croix et sainte Thérèse d'Avila. Ces mystiques décrivent les diverses étapes par lesquelles l'âme doit passer pour atteindre l'union avec Dieu. Sainte Thérèse distingue sept stations (en espagnol : *moradas*) qui constituent un acheminement progressif vers la grâce divine, ou contemplation infuse. Les images de la nuit, du château ou du cocon sont les symboles de divers états de l'âme en chemin vers Dieu : purgation, prière, renaissance. L'idée principale est que l'âme devient de plus en plus indifférente à son bien propre, et animée par l'amour de Dieu. De multiples épreuves sont réservées au mystique, comme les sécheresses et les doutes, mais ces difficultés et ces troubles permettent la purification de l'âme et sa plus grande transparence à la lumière de Dieu.

Les six premiers sonnets se répondent un à un, chacun d'entre eux donnant lieu soit à une exhortation du Christ, soit à une réponse de l'âme. Les trois sonnets de la septième partie énoncent la promesse divine adressée à l'âme sur le point de se mettre en route. Le dernier sonnet marque la résolution ultime de l'âme, l'expression de l'aspiration mystique qui reçoit l'aval et l'encouragement divins. Les sonnets I, III et V constituent des injonctions à l'amour adressées par le Christ à l'âme. L'initiative est laissée à Dieu puisque c'est lui qui ouvre la série des poèmes de «Mon Dieu m'a dit». La grâce est antécédente aux efforts et aux œuvres de l'homme. Les chiffres impairs sont aussi associés à Dieu en ce sens qu'ils constituent traditionnellement un retour à l'unité. Quant aux sonnets pairs, ils ne font qu'énoncer les diverses réponses de l'homme à l'appel divin. L'âme n'a d'existence que relativement au Divin, elle se définit dans son dialogue avec Dieu.

L'APPEL DIVIN

L'appel divin est avant tout un appel à l'amour, conformément au rôle essentiel de la charité — comme don de soi-même à Dieu et aux autres — dans la perspective chrétienne. L'amour est un impératif spirituel et moral, impératif scandé par la formule « Il faut m'aimer ». On remarque cependant une progression dans les termes de cette injonction. Le premier poème ne fait qu'en expliciter les raisons sous forme d'évocations visuelles et dramatiques. Les deux premiers quatrains font ainsi écho à un type de méditation mystique fondé sur la visualisation de la Passion du Christ. Il s'agit d'acquérir une conscience aussi concrète que possible du Christ en Croix. L'expression « tu vois » n'y revient pas moins de trois fois : « tu vois mon flanc percé », « tu vois la croix », « tu vois les clous, le fiel, l'éponge » (p. 80). Allusions aux épisodes marquants de la Passion : le cœur percé par la lance de Longin, soldat romain (Évangile selon saint Jean, 19, 34), les mains et les pieds cloués sur la croix, l'éponge imbibée de vinaigre tendue à Jésus crucifié (Jean, 19, 29). La structure répétitive, anaphorique et incantatoire des paroles du Christ se trouve prolongée dans les tercets avec les quatre questions : « ne t'ai-je pas aimé ? », « n'ai-je pas souffert ? », « n'ai-je pas sangloté » et « n'ai-je pas sué ? ». Ces quatre questions, en intensifiant le rythme de l'injonction et en déplaçant l'évocation spirituelle vers la profondeur du registre visuel au registre du sentiment, visent à conférer au sacrifice de

Jésus tout son poids et à placer ainsi son interlocuteur face à face avec lui-même, pour le confronter à sa responsabilité spirituelle. Le vers final : « Lamentable ami qui me cherches où je suis » (p. 80), de forme assez énigmatique, peut donner lieu à une diversité d'interprétations dont nous ne retiendrons que celle qui fait écho au « Tu ne me chercherais pas si tu ne m'avais trouvé » de Pascal : l'âme a déjà quelque pressentiment de la présence du Christ en elle, sans quoi elle ne songerait même pas à se mettre en quête. Les premiers vers du sonnet de réponse confirment du reste cette interprétation :

« J'ai répondu : Seigneur, vous avez dit mon âme.
C'est vrai que je vous cherche et ne vous trouve pas » (p. 80).

L'âme est bien le lieu de la quête spirituelle, lieu caractérisé par le clair-obscur d'une « vision aveugle ».

VERS LA CONSOMMATION DE L'AMOUR MYSTIQUE

Les poèmes III et V consacrent, comme nous l'avons mentionné plus haut, une nette progression dans la nature de l'injonction du Christ à l'âme. Il ne s'agit plus d'y dérouler les motivations ou les principes de l'amour, mais de s'unir au Christ pour mourir et renaître en lui. Au « m'aimer » du troisième sonnet peut ainsi succéder le « aime » du cinquième sonnet. L'amour s'épure et s'universalise ; s'adressant à Jésus, il s'adresse à tout ce qui est, puisque — selon l'Évangile de saint Jean — toute chose procède du Verbe de Dieu qu'est le Christ : Il est le prototype et la perfection de la Création. Ces deux moments de l'amour correspondent aux deux phases — illuminative et unitive — de la mystique chrétienne. Le premier sonnet relevait de la purgation en ce sens que l'âme, « lamentable », se trouvait confrontée à ses limites par l'intermédiaire du sacrifice du Sauveur prenant sur lui le péché du monde. Le sonnet III se place quant à lui sous le signe du Baiser et de la « nuit claire » (p. 81). Le Christ est présent dans l'âme et dans tout ce qui est : l'âme est illuminée par cette toute-présence, elle se réalise dans l'amour du Christ. La « nuit claire » fait peut-être écho à l'expression de saint Jean de la Croix : « Nuit plus belle que l'aurore », laquelle fait pourtant référence à l'illumination du cœur qui guide l'âme dans la nuit de la purification. Le troisième stade, marqué par le sonnet V, consacre une sortie de la nuit par l'amour : « Aime. Sors de ta nuit. Aime » (p. 82). À chacune de ces étapes s'affirment de plus en plus nettement la présence et la profondeur de la réalité divine : comme si la liberté humaine devenait peu à peu secondaire par rapport à la détermination divine. Durant la phase initiale, l'âme « cherche », puis Dieu affirme sa volonté tout en réduisant l'âme à n'exprimer que la seule possibilité de l'amour de l'homme pour Lui (« Mais je ne veux d'abord que *pouvoir* que tu m'aimes »

(p. 81), tandis que se révèle finalement la connaissance divine qui a prévu « de toute éternité » l'amour que l'homme doit lui réserver. Le verbe devoir (« que tu dusses m'aimer ») se substitue au verbe pouvoir.

LA RÉPONSE HUMAINE

Parallèlement à la progression dans l'affirmation divine toujours plus pressante de la nécessité que l'âme tourne son amour vers le Christ, les réponses humaines reflètent elles aussi un acheminement mystique vers la lumière. Le sonnet II repose sur une distinction entre recherche de Dieu et amour de Dieu :

« C'est vrai que je vous cherche et ne vous trouve pas.
Mais vous aimer ! […] » (p. 80).

Si la quête de Dieu apparaît comme un mouvement existentiel qui est comme l'aboutissement logique du désir de bonheur et de paix : « Vous, la source de paix que toute soif réclame » (p. 81), l'amour de Dieu paraît quant à lui une impossibilité, compte tenu de la distance infinie séparant l'humain du divin. C'est le sentiment de l'indignité qui domine ici. Ce sentiment s'intensifie dans le sonnet IV, jusqu'à suggérer l'absurdité de l'amour et la folie de la Rédemption divine. Ce n'est que dans le sixième sonnet que, sur fond de crainte révérencielle, point un appel à la grâce (« Tendez-moi votre main ») qui témoigne timidement de la possibilité, encore incertaine (« Est-ce possible ? »), d'un mouvement d'amour vers Dieu. Dans ce sonnet, la question n'est plus celle du « pourquoi » de l'amour, mais plutôt celle du « comment ». Étant donné l'abîme séparant l'âme du Christ, quelle sera la méthode — au sens étymologique de « voie » — permettant de la combler ? « Et je vous dis : de vous à moi quelle est la route ? » (p. 83).

Les trois sonnets qui constituent ensemble la septième partie présentent la réponse à cette question et la promesse du Christ à l'âme. Cette promesse passe par les sacrements dispensés, au nom du Christ, par l'Église. Il s'agit ici des deux sacrements centraux que sont la pénitence (« Dis-moi tout sans un mot d'orgueil ou de reprise / Et m'offre le bouquet d'un repentir choisi ») et l'eucharistie (« Puis franchement et simplement viens à ma Table »). La participation au sacrement doit être fréquente (« Et surtout reviens très souvent dans ma maison, / Pour y participer au Vin qui désaltère ») et doit s'accompagner du sacrifice de la volonté propre (« D'oublier ton pauvre amour-propre et ton essence »). Ce sacrifice de soi par l'âme répond au sacrifice du Christ sur la Croix : il rend ainsi possible la déification de l'homme qui constitue la fin ultime de l'Incarnation :

« Enfin, de devenir un peu semblable à moi

Qui fus, durant les jours d'Hérode et de Pilate

Et de Judas et de Pierre, pareil à toi
Pour souffrir et mourir d'une mort scélérate ! » (p. 84).

Verlaine retrouve la thématique théologique et spirituelle exprimée dans la formule de saint Irénée : « Dieu s'est fait homme afin que l'homme devienne Dieu ». L'interjection du « un peu » atténue la portée de cette déification, conformément à la perspective de l'Église d'Occident — moins centrée sur le mystère de la *theosis* que ne l'est l'Église d'Orient —, et s'inscrit dans le cadre d'une certaine timidité spirituelle fondée sur un sentiment d'indignité et de distance. À la déification comme telle se substituent, dans le troisième sonnet de cette série, une insistance sur les consolations sensibles liées à la prière et une référence à l'espérance de la vision béatifique après la mort. Les consolations sensibles évoquent un climat esthétique qui n'est pas sans rappeler la mystique baudelairienne. Il s'agit moins de mystique comme tension vers Dieu et union à Lui que comme suggestion d'une atmosphère à la fois paisible et voluptueuse. En ce sens, ce sonnet participe des tendances de la religion esthétique qui constituera à la fin du XIXe siècle l'instrument de conversion d'écrivains comme Huysmans et Claudel.

Les écrivains participant de ce qu'on a pu appeler le «renouveau catholique», comme Barbey d'Aurevilly, Léon Bloy, Huysmans et Claudel, appréhendent le christianisme par la médiation des formes de la liturgie et de l'art chrétiens. Ces éléments esthétiques sont pour eux à la fois symboliques et théurgiques, c'est-à-dire qu'ils donnent accès à la foi et à la présence de Dieu d'une manière plus directe, et peut-être plus profonde, que les concepts théologiques. La sensibilité esthétique perçoit les vibrations du Divin dans les formes. La beauté de la liturgie, notamment, constitue une intimation à l'élan mystique.

Le Christ de Verlaine peut ainsi mentionner ses « soirs mystiques » quand « la lune glisse » et que « sonnent les Angélus roses et noirs » (p. 84). On n'est dès lors guère éloigné des évocations vaguement langoureuses et mélancoliques des *Fêtes galantes*, du « clair de lune triste et beau » (FRP, p. 97). À l'horizon futur de ces charmes un peu équivoques se dessine la promesse de la vision et de la jouissance éternelle de Dieu dans l'au-delà :

« En attendant l'assomption dans ma lumière,
L'éveil sans fin dans ma charité coutumière,
La musique de mes louanges à jamais,

Et l'extase perpétuelle et la science... » (p. 84).

LA TRANSCENDANCE DE L'AMOUR

L'ultime sonnet, où s'exprime la résolution finale de l'âme à se mettre en mouvement vers Dieu, est significativement bâti sur une série d'antithèses et d'oxymores visant à suggérer le statut surnaturel de l'expérience de la conversion. Cette expérience défie en effet les catégories habituelles de l'existence terrestre : elle marque l'irruption de ce que l'on pourrait appeler la « transcendance de l'amour ». Verlaine y retrouve les expressions paradoxales et antinomiques de la mystique, mais aussi celles de la poésie amoureuse la plus intense et la plus directe. C'est d'abord le thème du « don des larmes », effusion mystique de nature fondamentalement ambivalente puisque s'y rejoignent la tristesse de l'âme consciente de son péché et la joie de l'espérance :

« — Ah ! Seigneur, qu'ai-je ? Hélas ! me voici tout en larmes
D'une joie extraordinaire [...] » (p. 85).

L'âme ne peut rendre compte à elle-même de la nature ni de l'origine de son état. L'infusion de la grâce se caractérise du point de vue humain comme une inconnaissance, mode d'être extraordinaire qui voit l'âme, privée par Dieu de tous ses repères habituels, se plonger dans le pur abandon à la volonté divine. Pour décrire l'extase de cette conscience à la fois douce et douloureuse, Verlaine retrouve certaines expressions des sonnets de Louise Labé, dans lesquels la poétesse lyonnaise exprimait les affres de l'amour humain.

Dans le climat de la Renaissance et de l'influence italienne sur les lettres et les arts, Louise Labé propose une poésie dont l'ardente expressivité tient à la fois de la sincérité passionnée du ton et de la vigueur de la forme. Le sonnet VIII constitue une de ses plus belles réussites, évoquant les hauts et les bas de l'amour terrestre :

> « Je vis, je meurs ; je me brûle et me noie ;
> J'ai chaud extrême en endurant froidure ;
> La vie m'est et trop molle et trop dure ;
> J'ai grands ennuis entremêlés de joie.
>
> Tout à un coup je ris et je larmoie,
> Et en plaisir maint grief tourment j'endure ;
> Mon bien s'en va, et à jamais il dure,
> Tout en un coup je sèche et je verdoie.
>
> Ainsi Amour inconstamment me mène ;
> Et quand je pense avoir plus de douleur,
> Sans y penser je me trouve hors de peine.
>
> Puis quand je crois ma joie être certaine
> Et être au haut de mon désiré heur,
> Il me remet en mon premier malheur[33]. »

33. Louise Labé, *Œuvres poétiques*, Poésie/Gallimard, 1983, p. 116.

Les vers de Verlaine font écho à ceux de Louise Labé :

« [...] votre voix
Me fait comme du bien et du mal à la fois,
Et le mal et le bien, tout a les mêmes charmes.

Je ris, je pleure [...] » (p. 85).

Les antithèses et coïncidences d'opposés expriment, comme d'autres contrastes expressifs (« J'ai l'extase et j'ai la terreur d'être choisi »), l'instabilité de l'homme touché par l'amour et qui ne peut trouver son assiette que dans un abandon inconditionnel au Bien-Aimé. Cet abandon, sentiment essentiel dans la mystique chrétienne, Verlaine le traduit par les simples mots « Et me voici », formule laconique de l'offrande intérieure, à laquelle répond la conclusion, satisfaction divine, de toute la série des sonnets : « Pauvre âme, c'est cela ! » Cette réponse, en forme d'encouragement, est empreinte d'une profonde simplicité qui tranche avec les complexités, les scrupules et les hésitations qui ont jalonné le cours de la progression de l'âme.

LES ARTICULATIONS D'UN DIALOGUE

Le dialogue entre le Christ et l'âme ne fait pas seulement alterner exhortations divines et réticences humaines. Les transitions entre les poèmes révèlent les points nodaux du parcours spirituel et mettent en avant quelques-uns des caractères principaux de la sensibilité religieuse de Verlaine. La première de ces articulations concerne le lieu même de la quête : « Lamentable ami qui me cherches où je suis. » Le « vous avez dit mon âme » de la réponse humaine indique assez clairement que c'est dans la souffrance et dans l'angoisse de l'âme que réside Jésus. C'est donc bien là qu'il faut le chercher et le découvrir. L'âme en proie aux tourments doit comprendre qu'ils sont la marque du désir de Dieu en elle. De même, lorsque l'âme fait obliquement référence à l'obstacle que constitue pour elle l'obsession sexuelle (« [...] ô vous, toute lumière, / Sauf aux yeux dont un lourd baiser tient la paupière ! »),

Jésus répond en s'affirmant comme le principe immanent à tout désir comme à toute réalité physique :

« — Il faut m'aimer ! Je suis l'universel Baiser,
Je suis cette paupière et je suis cette lèvre
Dont tu parles, ô cher malade, et cette fièvre
Qui t'agite, c'est moi toujours ! [...] » (p. 81).

Les paroles que Verlaine met ici dans la bouche de Jésus pourraient faire l'objet de critiques théologiques les taxant de panthéisme, ou en d'autres termes les accusant d'identifier Dieu à la totalité des êtres. Ces tendances panthéistes seraient susceptibles de donner lieu à un certain laxisme moral, puisqu'elles semblent justifier l'amour et le désir de toutes les créatures quelles qu'elles soient. Selon une interprétation plus orthodoxe, l'audace des paroles du Christ pourrait renvoyer à l'omniprésence de la grâce ou, plus profondément encore, à une vision spirituelle selon laquelle l'amour divin serait l'essence de tout amour terrestre. Ce dernier ne serait donc pas pécheur par sa substance mais seulement par le choix limitatif de son objet. L'usage de la lettre majuscule dans l'expression « Je suis l'universel Baiser » va dans ce sens, en mettant en relief le caractère essentiel et universel de l'amour divin comme dimension interne et cachée de tout amour dilapidé vers l'extérieur. Quelle que soit l'interprétation que l'on veuille en proposer, ce passage ouvre la voie à la justification centrale de la troisième partie du recueil comme célébration du monde. La fin du quatrième sonnet présente du reste un retour sur les scrupules liés à la passion sexuelle : il s'agit cette fois de « l'extase / D'une caresse où le seul vieil Adam s'embrase » (p. 82). Dans ce cas, Jésus ne se réfère plus tant à une essence intrinsèque du désir qu'à sa transfiguration dans et par une véritable renaissance spirituelle : « Je suis l'Adam nouveau qui mange le vieil homme » *(ibid.)*. La référence biblique est ici la Ire Épître aux Corinthiens de saint Paul (XV, 45-49) dans laquelle l'apôtre distingue entre deux Adam, l'Adam terrestre et psychique d'une part, et l'Adam céleste et spirituel d'autre part. Le Christ est ce dernier, l'Adam nouveau qui fait naître à l'esprit. En l'acceptant comme tel et en entrant dans sa grâce, le « vieil homme » — l'âme déchue — meurt pour faire place à l'homme nouveau. C'est la symbolique du feu qui prévaut chez Verlaine puisqu'il s'agit de réduire en cendres l'enveloppe pécheresse du vieil homme :

« Mon amour est le feu qui dévore à jamais
Toute chair insensée [...] » (p. 82).

La troisième transition fondamentale nous permettant de mieux saisir la perspective spirituelle présentée par Verlaine concerne la Voie elle-même, ou les moyens d'atteindre le Christ. L'âme aspire à se rapprocher de Dieu et à se reposer dans le sein ou sur le cœur du Christ, « la place où reposa la tête de l'apôtre » (p. 83). Il s'agit d'une référence à un passage de l'Évangile selon Saint Jean

(13, 25) où l'on voit le disciple préféré de Jésus, Jean, se pencher sur la poitrine de son maître.

LES IMAGES : TRADITION ET INVENTION

L'IMAGINAIRE CHRÉTIEN

La plupart des images utilisées par Verlaine pour décrire l'approche du Divin appartiennent au répertoire symbolique de la tradition chrétienne. L'image est en un premier sens un mémorial de la Passion qu'il s'agit de visualiser, comme dans certains types de méditations catholiques, afin d'approfondir et de raffermir la conscience du Sauveur. « Les clous, le fiel, l'éponge » constituent un patrimoine commun d'images. Nous sommes en présence d'un imaginaire poétique original lorsque Verlaine exprime les qualités du Christ ou les divers mouvements de l'âme. Ces derniers appellent deux catégories d'images, celles du sacrifice et celles du combat spirituel. « L'enfant vêtu de lin et d'innocence » et « l'agneau sans cri qui donne sa toison » (p. 84) suggèrent ainsi la pureté associée au renoncement. Complémentaires de ces images sacrificielles, des images guerrières — à commencer par l'évocation du « bon chevalier » du premier poème du recueil — expriment le réveil de l'âme et sa résolution spirituelle :

« Je ris, je pleure, et c'est comme un appel aux armes

D'un clairon pour des champs de bataille où je vois
Des anges bleus et blancs portés sur des pavois,
Et ce clairon m'enlève en de fières alarmes »
(p. 85).

Du côté divin, les images consacrées par la tradition participent soit de la thématique de l'amour, soit de la thématique de la paix. Les premières sont associés au feu, à la rose ou au baiser.

L'amour du Christ pour l'humanité, flamme qui « toujours monte » (p. 81), est aussi un « feu qui dévore à jamais ». La « céleste accolade » (p. 83) prolonge le thème de l'« universel Baiser » (p. 81). La première ne renvoie pourtant qu'à la rencontre mystique, tandis que le second s'identifie à la nature même du Christ. La « Rose/Immense des purs vents de l'amour » (p. 82) exprime cette même perfection de l'amour divin à travers la symbolique de la rose des vents. Cette image mystique renvoie à l'universalité de l'amour, ouvert à toutes les directions, embrassant la totalité de l'espace en son inspiration — le vent étant le symbole biblique de cette dernière. À cette ubiquité dynamique de l'amour répond en complément la centralité statique de la paix. Ici dominent les notations d'étanchement et de rassasiement, celles de contentement et d'équilibre. Le Christ est la « source de paix que toute soif réclame » (p. 81). Il est aussi la « fontaine calme » *(ibid.)*. Empruntant ces images au texte biblique ou au langage des mystiques,

Verlaine entend se placer dans le climat imaginaire de la tradition. C'est là, sur le plan formel, une aspiration conséquente parfaitement en accord avec son retour au bercail de l'Église.

L'IMAGINAIRE PERSONNEL

Pourtant, un certain nombre d'images originales témoignent, dans les sonnets, de tentatives plus typiquement verlainiennes. Ce type d'image résulte le plus souvent d'un déplacement ou d'une modification à partir d'un schéma symbolique traditionnel : Verlaine semble ainsi broder en filigrane, sur un canevas consacré, les motifs d'un imaginaire plus personnel. Le thème mystique de la verticalité ascendante, plusieurs fois évoqué, suggérant la difficulté, ou même l'impossibilité, qu'il y a pour l'âme à s'arracher à la pesanteur de la chute, donne lieu à une série d'images destinées à rendre compte de la disproportion entre l'effort humain et la grâce divine :

«M'aimer ! Oui, mon amour monte sans biaiser
Jusqu'où ne grimpe pas ton pauvre amour de chèvre,
Et t'emportera, comme un aigle vole un lièvre,
Vers des serpolets qu'un ciel cher vient arroser ! » *(ibid.)*.

L'expression « amour de chèvre », dans sa bizarrerie apparemment un peu maladroite, évoque l'ambition démesurée de l'effort humain tendu vers Dieu et son âpre quête des sommets spirituels. À l'opposé, la grâce transporte littéralement l'âme en un rapt ou ravissement vers des hauteurs où elle jouit d'une vraie nourriture spirituelle. Ces hauteurs sont « arrosées » et donc fertilisées par la pluie du ciel, par les bénédictions du Christ. Le caractère à la fois familier, concret et dramatique des images mises à contribution prête au propos mystique une fraîcheur et une immédiateté un peu gauche qui n'est pas une des moindres réussites de *Sagesse*, et qui n'est pas sans rappeler le ton des « Aquarelles » de *Romances sans paroles*. Parallèlement, dans le septième sonnet, par une transposition du symbole christique de « l'abeille qui se pose / Sur la seule fleur d'une innocence mi-close » (p. 82), le poète renverse et modifie les termes de la relation entre l'insecte et la fleur, comparant l'attraction du converti vers l'Église à la « guêpe » qui « vole au lis épanoui ». Cette comparaison ouvre, dans la thématique spirituelle de ce sonnet, le registre symbolique de la consommation et de l'assimilation, lequel trouve sa manifestation centrale dans l'évocation du repas eucharistique : « Puis franchement et simplement viens à ma Table. » Le passage de l'abeille à la guêpe dénote aussi une différence de registre, laquelle vise sans doute à suggérer une différence qualitative entre le Christ et l'âme. On pense également aux *Romances sans paroles*, et même parfois aux *Poèmes saturniens* et aux *Fêtes galantes*, lorsque Verlaine en vient à évoquer, en des images d'un registre tout aussi personnel, les états mystiques qui préludent sur terre à la vision béatifique de l'au-delà. L'image du huitième sonnet, «au ciel pieux la lune glisse», répond en écho à celle du troisième, «tes yeux dans mon clair de lune». C'est là presque l'«extase langoureuse» et l'«humble antienne» du «tiède soir» des «Ariettes oubliées.» Et les «Angélus roses et noirs», associant le rythme de la piété aux couleurs du matin et du soir, n'évoquent-ils pas aussi le «soir rose et gris vaguement» des Ariettes...» et les sourdines «mystiques» et amoureuses des *Fêtes galantes ?*

L'expérience mystique dont témoigne *Sagesse*, et que mettent particulièrement en scène les sonnets de «Mon Dieu m'a dit», se présente donc au total comme une subtile réappropriation des grandes catégories et de l'imagerie de la tradition spirituelle chrétienne dans le cadre d'un itinéraire et d'une sensibilité très personnels. L'émotion verlainienne suit un modèle de progression mystique hérité de la tradition tout en affirmant sa différence par un certain ton familier et «vécu», dont l'inspiration s'alimente surtout du sentiment qu'a l'auteur de sa propre faiblesse.

IV   LA PAIX INTROUVABLE

La paix de l'âme que Verlaine espère trouver dans le rapport à Dieu et la rigueur morale est en fait une paix inquiète — toujours menacée par les réapparitions et les résistances du vieil homme —, rêvée plus qu'éprouvée. Sur ce plan, la poésie de Verlaine peut nous apparaître comme une véritable pratique de l'exorcisme, tant dans ses procédés rhétoriques que dans la thématique et les symboles qu'elle met en œuvre.

LES SUBSTITUTS DE LA FORCE

Verlaine fait appel à des images guerrières pour exorciser sa faiblesse. Il s'agit plus particulièrement d'évoquer le vocabulaire et la thématique de la chevalerie du Moyen Âge. Face aux résurgences du vice et de la passion, Verlaine convoque un lexique combatif et justicier :

« Un ou plusieurs ? Si oui, tant mieux ! Et pars bien vite
En guerre, et bats d'estoc et de taille [...] »
(p. 54).

De même, il se compare lui-même à un « soldat » qui « répand son sang pour la patrie », dans un poème d'*Amour* (« Un conte », p. 115). Mais, au-delà de ces invocations lexicales, l'allégorie guerrière du premier poème est un exemple typique des stratégies rhétoriques de combat. Verlaine attribue la force qui lui fait défaut à un personnage paré de vertus combatives : c'est le « bon chevalier » Malheur. Ce personnage transmet sa force spirituelle par simple contact, image de la grâce qui touche qui elle veut. C'est ce transfert d'énergie qui assure la renaissance de l'âme : « Un cœur me renaissait » (p. 49). De même, dans le second poème du recueil, la Dame Prière annonce un « secours divin » (p. 51) qui transmuera la faiblesse en force, ou qui substituera plutôt la force divine à la faiblesse humaine. La prière est conçue comme une véritable infusion de grâce, elle est « l'unique hôte opportun » (p. 52) que l'homme doit recevoir comme une présence étrangère qui lui apporte, de l'extérieur, une réalité spirituelle qu'il serait incapable de tirer de lui-même. Il s'agit donc encore de s'en remettre à un Autre pour qu'il assume la charge que l'âme ne saurait porter elle-même. La force n'est pas en l'homme, elle est en Dieu. Le pasteur des composantes de l'âme n'est pas l'âme elle-même mais le Christ :

« Votre pasteur, ô mes brebis, ce n'est pas moi,
C'est un meilleur, un bien meilleur, qui sait les causes » (p. 98).

La substitution spirituelle voit le Divin se porter en lieu et place du sujet humain pour l'habiter en son centre même. La force de Dieu remplace ainsi la faiblesse humaine. Corrélativement, la faiblesse intrinsèque de l'âme sera en quelque sorte objectivée et mise à distance par l'établissement d'une chronologie spirituelle et personnelle.

L'USAGE DES TEMPS

L'usage des temps du passé tend à reléguer les faiblesses et les transgressions dans une ère du révolu. Que ce soit le passé composé («Le Malheur a percé mon vieux cœur de sa lance», p. 49) ou le plus-que-parfait («J'avais peiné comme Sisyphe», p. 50) qui soit mis à contribution, il s'agit toujours de marquer une discontinuité entre deux vies, celle selon la Chute et celle selon la grâce. Par contraste, l'usage du temps présent semble asseoir le sujet spirituel en une stabilité intérieure qui donne l'impression d'abolir ses errances passées et de l'installer dans une réalité soustraite au changement. Les deux poèmes d'introduction nous présentent des occurrences représentatives de ce phénomène. Dans «Bon chevalier» le présent n'apparaît qu'une seule fois, en fin de parcours, établissant une continuité entre hier, temps de l'apparition du chevalier, et aujourd'hui. L'écho de la voix du «bon chevalier», quand il offre au «je» lyrique sa dernière recommandation, actualise le passé dans le présent en mettant l'accent sur un principe de permanence.

PRÉSENCE DE LA PAROLE

Cette permanence n'est pas seulement rendue sensible par l'usage du temps présent, elle se dit également dans la parole comme présence. Les paroles finales du « bon chevalier » ont un pouvoir de résonance qui tient précisément à ce qu'elles sont rapportées au discours direct. Les mots prononcés s'inscrivent ainsi dans le registre de la mémoire, devenant principe d'inspiration où l'âme puise des forces spirituelles afin de résister aux tours et retours du vieil homme. Il en va de même dans le second poème du recueil avec la prosopopée de la prière. Là encore, l'usage du présent, joint à l'anaphore du « Je suis », contribue à soustraire l'âme aux incertitudes et aux ravages du temps en situant les réalités spirituelles abordées dans un cadre intemporel. La prière est toujours ici et maintenant, dans le présent le plus immédiat et le plus inaltérable. La parole, mettant en présence cette immédiateté du contact avec Dieu, est comme une citadelle imprenable.

DUO SUNT IN HOMINE

La perspective religieuse introduit une dualité dans l'âme, comme si deux subjectivités cohabitaient à l'intérieur d'un espace polémique intérieur. Le « vieil homme » et l'« homme nouveau » ne sont pas tant les étapes d'un changement que les manifestations simultanées de deux orientations de l'âme. Il en résulte un dialogue intérieur, dialogue qui rend possible une manière d'objectivation des tendances perverses et défuges. En s'adressant à lui-même, ou plutôt à un autre lui-même, le narrateur expulse une partie de son identité et de son expérience hors de la sphère de son être vrai. Situé à distance comme « autre » et relégué au rang d'étranger, le « vieil homme » n'est plus qu'une écorce, une réalité accidentelle dont le sujet est désormais à même de se désolidariser. Rappelons que ce genre de dualisme intérieur n'était pas absent chez le Verlaine d'avant la conversion, comme en témoigne le « Ô triste, triste était mon âme », dans les *Romances sans paroles* (FRP, p. 132).

L'APOSTROPHE AU « VIEIL HOMME »

Le troisième poème du recueil introduit, de plus, une sorte d'ironie qui ajoute à l'apostrophe un surcroît de distance :

« Qu'en dis-tu, voyageur, des pays et des gares ?
Du moins as-tu cueilli l'ennui, puisqu'il est mûr,
Toi que voilà fumant de maussades cigares,
Noir, projetant une ombre absurde sur le mur ? » (p. 53).

C'est comme si Verlaine se narguait lui-même, cherchant à dévaloriser les tendances et les valeurs de sa vie passée. L'apostrophe « voyageur » vise en particulier à révéler la vanité des mouvements et déplacements d'une vie dénuée de toute direction spirituelle. La référence à la maturité (« puisqu'il est mûr ») est elle aussi probablement ironique, jouant sur l'ambiguïté du terme connotant à la fois satiété et dégoût. Ce procédé se trouve repris dans le quatrième poème sous une forme plus directe encore. Verlaine s'y interpelle lui-même à deux reprises par l'exclamation « Malheureux ! » puis par l'insulte « Imbécile ! ». Il s'agit aussi de réveiller le sens d'une identité réelle et d'une norme qui a été bafouée : « toi Français, toi Chrétien » (p. 56). Ces apostrophes résonnent donc comme une vigoureuse injonction, un ferme appel au réveil intérieur. Il en va de même sous l'orage de la tentation, lorsque la subjectivité se trouve dédoublée, reflétant la dualité de l'esprit et de l'âme, de la conscience et du désir. L'impératif se charge alors d'une urgence dramatique nuancée de pitié : « Ô, va prier contre l'orage, va prier » (p. 58). Si elle ne prend pas la forme d'un vigoureux rappel à l'ordre, l'adresse à soi-même se trouve au moins colorée par le regret, à la manière d'un François Villon :

« Dis, qu'as-tu fait, toi que voilà,
De ta jeunesse ? » (p. 94).

DE L'ADMONESTATION À L'OBJECTIVATION

Le « moi » qu'il s'agit d'admonester ou d'encourager, c'est aussi un faisceau de tendances. L'interlocuteur n'est désormais plus envisagé comme un sujet autonome mais comme un ensemble de désirs et de pensées. Le combat intérieur — ce que le Moyen Âge nommait une psychomachie —, oppose alors les bonnes et les mauvaises pensées. Les premières, fragiles et timides, ont bien besoin d'encouragements : « Vous voilà, vous voilà, pauvres bonnes pensées ! » (p. 98). Le sujet assiste au combat, mais sans être totalement identifié aux forces en présence. Il y gagne dès lors en objectivité, et en sécurité. Poussant la logique de la mise à distance de soi-même jusqu'à sa limite, Verlaine peut conclure un de ses poèmes par une invocation à Dieu dans laquelle il se désigne à la troisième personne : « Dieu des humbles, sauvez cet enfant de colère ! » (p. 56).

Ce passage de la deuxième à la troisième personne réalise le processus d'objectivation de soi en le menant à son terme. Au-delà même, ce processus d'objectivation peut conduire Verlaine à avoir recours à une figure de substitution. La chanson de Gaspard Hauser peut ainsi être interprétée dans les termes d'une identification du poète avec son personnage, identification lui permettant indirectement d'appeler sur lui-même la pitié et l'intercession :

« Ô vous tous, ma peine est profonde :
Priez pour le pauvre Gaspard ! » (p. 93).

L'EXCLAMATION
ET L'INTERROGATION : ANGOISSE
ET DÉSARROI

Le registre du dialogue intérieur révèle aussi l'émergence de l'exclamation comme appel au secours ou comme expression du désarroi ou d'une terreur angoissée.

C'est particulièrement comme exutoire à cette angoisse que se trouve convoquée toute la vigoureuse expressivité de l'exclamation.

L'incertitude de la destinée et l'ambiguïté fondamentale de l'expérience de l'âme en proie au doute appellent le recours à ce mode d'expression élémentaire :

> «Je suis un berceau
> Qu'une main balance
> Au creux d'un caveau :
> Silence, silence ! » *(ibid.)*.

La répétition des exclamatives se tempère pourtant parfois d'une sorte de fatigue et d'appel à la *bonne* mort, notamment lorsque le poète évoque l'aspiration à l'«oubli d'ici-bas» (p. 73). Quant à l'interrogation, elle traduit elle aussi le désarroi et le sentiment de l'indéchiffrable destinée comme dans le célèbre «Pourquoi, pourquoi ?» du poème III, VII de *Sagesse*. Le sentiment persistant d'une certaine absurdité, et ce en dépit de la foi, colore ainsi la poésie de *Sagesse* d'une nuance typiquement moderne. On trouve du reste une semblable tonalité dans un poème de *Bonheur*, consacré au recueil précédent : «Vous m'avez demandé quelques vers sur " Amour " […] » (p. 220).

LES CONTRE-SYMBOLES

L'effort d'objectivation de soi se manifeste aussi chez Verlaine par la mise en place de véritables « contre-symboles » qui sont identifiables au péché et à l'erreur. Ces «contre-symboles » constituent des concrétisations imaginaires qui joueront le rôle de foyers d'expulsion : ils concentrent en eux la substance de l'identité pécheresse. Nous en mentionnerons deux ici : la ville et les « petits amis », à savoir Paris et les intellectuels et artistes progressistes qui ont élu domicile dans la capitale. La virulence des attaques de Verlaine contre ces deux entités montre à quel point elles incarnent pour lui, en tant que « contre-symboles », le vieil homme qu'il veut désespérément objectiver et rejeter. Les « bruits des grandes villes » (p. 59) sont fondamentalement marqués par l'oubli de Dieu. D'où la nécessité de s'en protéger en n'y prêtant attention qu'à l'« appel [...] des cloches dans la tour » *(ibid.)*. Déjà, dans les « Paysages belges » de *Romances sans paroles*, Verlaine conférait, en dépit d'une certaine admiration pour l'énergie pure qui s'en dégage, un aspect sinistre au paysage industriel urbain :

> « Sites brutaux !
> Oh, votre haleine,
> Sueur humaine,
> Cris des métaux ! » (FRP, p. 138).

Rien à voir avec la sensibilité d'un Verhaeren : ici, l'activité sidérurgique est située dans une ambiance monstrueuse, cyclopéenne.

Les villes, et Paris au premier chef, figurent aussi les tentations de la chair, de par les multiples sollicitations qu'elles proposent à l'âme passive. De leur côté, les « petits amis » figurent plutôt les tentations de l'orgueil, la prétention du savoir et de la « sagesse humaine ». La science contemporaine, substitut de la religion en tant que fondement de la *Weltan-*

schauung moderne, se trouve ainsi tout occupée de « riens moins que rien » (p. 62). Quant à l'autre pilier de la vision moderne, la démocratie, elle ne connaît de justification que dans l'ordre quantitatif du « Suffrage-nombre » *(ibid.).* Rejetant ces deux « idoles » de l'élite progressiste du temps, Verlaine tente d'exorciser sa propre modernité.

L'ESTHÉTIQUE DU VICE

Dans la lignée de l'esthétique baudelairienne des *Fleurs du mal*, Verlaine révèle souvent les plus beaux exemples de son talent poétique en ce que l'on pourrait appeler un exorcisme esthétique. L'expressivité poétique de certaines images semble alors coïncider avec l'acuité et l'intensité du sentiment moral ou de l'état spirituel. Il s'agit moins d'une complaisante esthétique pour le mal qu'une extériorisation fulgurante du drame intérieur. Ce sont des images vigoureuses, violentes qui donnent le ton :

« N'as-tu pas, en fouillant les recoins de ton âme,
Un beau vice à tirer comme un sabre au soleil,
Quelque vice joyeux, effronté, qui s'enflamme
Et vibre, et darde rouge au front du ciel vermeil ? » (p. 54).

L'audace de l'image, la violence des couleurs et l'expressivité concrète des verbes se succédant, tout contribue à donner à ces vers les caractères d'une « sorcellerie évocatoire » au sens où l'entendait Baudelaire. C'est comme s'il s'agissait alors d'évoquer — au sens fort — les « vieux démons » en leur prêtant une réalité d'autant plus saisissante ou frappante.

Le poème « Les faux beaux jours » opère selon la même alchimie poético-spirituelle. On y retrouve l'image de la « vibration » du mal et les couleurs rouges et cuivrées du crépuscule et du feu :

« Les faux beaux jours ont lui tout le jour, ma pauvre âme,
Et les voici vibrer aux cuivres du couchant.
[...]
Ils ont lui tout le jour en longs grêlons de flamme » (p. 58).

C'est bien là le climat d'une surchauffe passionnelle ramenant à la surface de la conscience les mauvaises habitudes du passé. La vibration illustre parfaitement, chez Verlaine, la nature du péché en tant que conséquence psychique de la faute : elle en est le prolongement qui blesse l'âme et qui vrille le cœur. Quant aux « cuivres du couchant » et aux « longs grêlons de flamme », ce sont des images de nature crépusculaire, orageuse et en définitive apocalyptique, où le châtiment divin se situe en consonance avec le vice humain. Cette sorte de défi poétique vise à épuiser le pouvoir de fascination imaginaire de la tentation.

LE DÉRISOIRE ET LE TRIVIAL

D'autres images témoignent, dans la première partie, d'une stratégie du dérisoire. Il s'agira alors plutôt de susciter l'impression du dysharmonique et du trivial. Le poème VI de la première partie met ainsi en jeu des images inattendues, et presque cocasses. S'adressant au « vieil homme », le poète appelle l'image d'un déhanchement révélateur de déséquilibre intérieur : « Ô vous, comme un qui boite au loin, Chagrins et Joies » (p. 57). Le rythme incertain d'un passé que l'on souhaite définitivement reléguer dans le lointain évoque à la fois, en une brillante et originale synthèse, le déséquilibre fondamental de l'expérience terrestre et l'infirmité de la vieillesse de l'âme. Le même poème offre une seconde image d'une tonalité familière et non conventionnelle analogue :

« Vieux bonheurs, vieux malheurs, comme une file d'oies
Sur la route en poussière où tous les pieds ont lui,
Bon voyage ! [...] » *(ibid.).*

Ici encore, l'image d'un balancement un peu maladroit évoque l'alternance des hauts et des bas de l'existence terrestre, la « file d'oies » connotant qui plus est la sottise et la passivité de l'âme soumise à l'hypnose du monde et de la chair. La « poussière » du chemin suggère elle aussi la vanité des voyages de l'âme toujours en quête d'un ailleurs.

LUEURS FACTICES

Les connotations du verbe « luire » illustrent enfin chez Verlaine une appréhension péjorative de la lumière mondaine, lueur factice et illusoire qui n'est que le faible reflet de l'aspiration de toute âme vers l'Absolu. « Les pieds ont lui » sur le chemin poussiéreux, comme les « faux beaux jours » ont lui à l'horizon des plaisirs terrestres, mirages d'une lumière à la fois attirante et trompeuse.

Le poème « L'espoir luit » révèle encore plus nettement cette « dérision de la lumière » en comparant la promesse qu'est sa lueur tantôt à « un brin de paille dans l'étable », tantôt à « un caillou dans un creux » (p. 92). L'originalité déconcertante de ces images suggère peut-être ce que Pascal aurait appelé la « vanité de l'homme » naturel condamné à scruter les messages de l'espoir au « creux » obscur du chemin de la vie et dans la fragilité « de paille » du destin. On lit dans ces vers un fondamental *taedium vitae* et une aspiration au sommeil, à la bonne mort peut-être, comme après une orgie ou une beuverie. L'appel du foin de l'étable et celui du creux du chemin évoquent ainsi le dernier refuge de l'espoir : l'abandon.

LES LITANIES DE LA VANITÉ

La sempiternelle et stérile identité de la mondanité et du péché est un des thèmes majeurs de la littérature spirituelle. Une morne circularité préside, selon cette vision, aux manifestations du vice. C'est ce que symbolisent les « chevaux de bois » du poème III, XVII, condamnés à « tourner ». Verlaine fait usage de cette catégorie spirituelle dans le cadre d'une rhétorique de la parataxe, ou de l'accumulation de notations juxtaposées visant à susciter le sentiment de l'inanité universelle des entreprises humaines. Ainsi en est-il de l'amour terrestre et de ses multiples visages dont la vanité est démasquée :

> « Toutes les amours de la terre
> Laissent au cœur du délétère
> Et de l'affreusement amer,
> Fraternelles et conjugales,
> Paternelles et filiales,
> Civiques et nationales,
> Les charnelles, les idéales,
> Toutes ont la guêpe et le ver » (p. 103).

Ailleurs, ce sont les kyrielles des mots vides et des sentiments vains dont la séquence n'est pas sans rappeler les procédés rhétoriques de Baudelaire dans le poème liminaire des *Fleurs du mal*, « Au lecteur » : « sentences, mots en vain, métaphores mal faites » et « colères, soupirs noirs, regrets, tentations » (p. 70). Ce que l'on pourrait appeler l'inflation mondaine du vide s'exprime donc ici dans l'extension quantitative des mots et des émotions inutiles. La multiplicité devient figure démoniaque d'impuissance et de chaos, comme si la quantité des formes et des manifestations était destinée à couvrir la vacuité existentielle du monde dans la société et dans l'âme.

Parfois pourtant, l'énumération, dans sa série équivoque, paraît plutôt connoter l'ambiguïté tentatrice du regret. Le rythme cumulatif n'opère plus une mise à distance, mais évoque bien plutôt une rêverie suspendue aux mailles du souvenir :

« Et le sein, marqué d'un double coup de poing !
Et la bouche, une blessure rouge encor,
Et la chair frémissante, frêle décor !

Et les yeux, les pauvres yeux si beaux où point
La douleur de voir encore du fini !... » (p. 97).

La pitié chrétienne s'érotise curieusement dans cette évocation qui n'est pas exempte de nostalgie.

L'IMAGINAIRE DE LA MONDANITÉ

Les images de la mondanité visent pourtant le plus souvent à subvertir le prestige des plaisirs et des ambitions. Si la tentation est vécue sur le mode du chuchotement démoniaque intérieur, la voix mondaine et le bruit, à l'inverse de la parole spirituelle, feront l'objet d'un travail de dépréciation. L'image fonctionne alors comme une arme spirituelle : elle rend manifeste le caractère illusoire et dysharmonique des tendances déifuges. Dans le poème « Voix de l'Orgueil » (p. 69), les diverses voix du péché donnent lieu à une perception multiforme et synesthésique du mal. La voix de l'Orgueil, voix la plus stridente et la plus redoutable de toutes, est « un cri puissant comme d'un cor » (p. 69). L'image sonore est prolongée d'associations violentes évocatrices de batailles et de carnages :

« Des étoiles de sang sur des cuirasses d'or.
On trébuche à travers des chaleurs d'incendie... » (p. 69).

Les images de la Haine, de la Chair et d'Autrui constituent une manière d'abrégé des figures de la mondanité. De l'Orgueil à Autrui (il s'agit ici d'Autrui en tant que figure du divertissement oublieux de Dieu, et non du prochain), en passant par la Haine et la Chair respectivement, se déploie un éventail des manifestations du mal, du plus malignement actif au plus passivement malin.

Parallèlement, les quatre séries d'images suggérant les voix de l'Orgueil, de la Haine, de la Chair et d'Autrui révèlent également tout un jeu quasi alchimique sur le chaud et le froid, le sec et l'humide. Au feu chaud et sec de l'« incendie » de l'Orgueil fait pendant le chaud humide du « tapage » où « des gens ont bu » (p. 70) ; tandis que le froid sec de la Haine « de neige lente » trouve un complément dans le froid humide de la voix d'Autrui, « lointains dans les brouillards ».

DÉVALORISATION DES PLAISIRS

L'imagerie mise à contribution par Verlaine vise principalement à dévaloriser les principes d'attachement au monde que sont les plaisirs. Le poète se livre à une véritable subversion des prestiges du divertissement et de l'hédonisme. Ce sont d'abord les « maussades cigares » de l'ennui, puis les dégoûts de la chair comme « autant de fades nouveau-nés » (p. 53) et le « gros tapage fatigué » de la luxure (p. 70). Notations de lassitude et d'insipide satiété qui visent à mettre en évidence le perpétuel recommencement du même, vidant le péché de son principal attrait : l'espoir d'une expérience renouvelée dans la jouissance de la différence. Ce ne sont pourtant pas les seuls objets du plaisir qui se trouvent mis à mal : le désir lui-même est irrémédiablement frappé d'impuissance et d'inanité. Des images finement et sobrement suggestives s'imposent alors :

« Et le monde alentour dresse ses buissons creux
Où ton désir mauvais s'épuise en flèches mortes » (p. 56).

Le vide de l'objet (« buissons creux ») et l'incapacité du désir à combler son aspiration (« flèches mortes ») sont donc les deux faces privatives de la tentation. L'efficacité de l'image est ici fonction d'une expressivité à la fois laconique et riche de connotations.

LA RHÉTORIQUE DE LA SIMPLICITÉ

34. « Fadeur de Verlaine », in *Poésie et profondeur*, Seuil, 1955. Voir dossier, p. 196.

La « fadeur » verlainienne dont parlait Jean-Pierre Richard[34] constitue un autre type de conjuration de la faiblesse. Toute une rhétorique de la simplicité, touchant souvent au prosaïsme, se met en place pour suggérer l'évidence spirituelle du vrai et du bien, dès lors revêtus d'une familiarité accessible. On a déjà mentionné le « c'est cela » d'encouragement prodigué par le Christ au terme de la séquence mystique de « Mon Dieu m'a dit ». Dans le même registre, la simplicité de certaines évocations relève d'une rhétorique de l'élémentaire et du naturel :

«Mon Dieu, mon Dieu, la vie est là,
Simple et tranquille » (p. 94).

Simplicité rassurante qui place la paix spirituelle « à portée de regard ». Alternant avec les abruptes perspectives d'ascension qui appellent l'âme à un difficile, et souvent effrayant, dépassement de soi, ces notations contribuent à une stratégie d'apprivoisement du cœur dissipé au rythme d'une chanson familière. Il s'agit en même temps de trouver accès à un ton évoquant l'innocence recouvrée. Toute complexité formelle serait ici synonyme de corruption. Cette exigence confine parfois à la platitude :

«Ce qu'il faut à tout prix qui règne et qui demeure,
Ce n'est pas la méchanceté, c'est la bonté »
(p. 55).

L'idéal d'une naïveté sans apprêt participe d'une vision à la fois esthétique et morale en laquelle Verlaine s'efforce de faire converger le climat intérieur de la conversion et les choix poétiques qui sont les siens. La « petite musique » s'associe alors à l'effort de pacification intérieure :

> « Douceur, patience,
> Mi-voix et nuance,
> Et paix jusqu'au bout ! » (p. 91).

Le refus de la grandiloquence et de l'effet devient la marque d'une identité chrétienne et d'un choix moral. « Tordre le cou à l'éloquence » revient alors à définir son propre discours poétique en fonction d'une véritable assiette spirituelle.

MALÉDICTION DE LA RHÉTORIQUE

Parallèlement à cette mise en œuvre de la simplicité se développe toute une critique de la rhétorique et du discours en général comme vains artifices. « Prends l'éloquence et tords-lui son cou », proclamait-il, avec plus ou moins de bonne foi, dans l'« Art poétique » (BJP, p. 57). Les mots sont fondamentalement marqués par la Chute et le péché, leur règne est celui de l'illusion du savoir et de la prétention. En tant que tel, le verbe n'est qu'une des figures du bruit comme fausse plénitude et vide de signification. L'importance accordée aux réalités mondaines est fonction de la résonance imaginaire des mots qui les dénotent. Face à la réalité toute nue de la misère humaine et à l'Absolu de Dieu, ces mêmes mots se trouvent vidés de substance :

« Parfums, couleurs, systèmes, lois !
Les mots ont peur comme des poules » (p. 95).

La sottise passive et grégaire des volatiles en fuite traduit l'inanité sonore des grands mots du commun. Réalité mortifère parce que séparée de la source de vie, le discours profane ne dit « rien », il est « silence » au sens négatif d'absence de contenu. Tendant vers le rien, il est en lui-même disparition, mort prolongée qui semble ne jamais pouvoir atteindre son terme. D'où l'injonction verlainienne :

« Ah, les Voix, mourez donc, mourantes que vous êtes,
Sentences, mots en vain, métaphores mal faites,
Toute la rhétorique en fuite des péchés »
(p. 70).

Il faut donc que cette « fausse voix » du monde s'annule pour que ne résonne plus que la voix véritable, la « Parole forte » *(ibid.)* qui ouvre la porte du Ciel, la prière.

LA DIALECTIQUE SATANIQUE

Plus redoutable mais non moins vain en définitive, Satan répond à la double réputation de « logicien » et de « rhétoricien ». Sa logique est celle de la raison devenue folle et orgueilleuse du fait de son divorce d'avec la foi. C'est la petite logique étroite du « A plus B » et du « deux et deux font quatre » (p. 60) dont se gausse Verlaine. Le poète reprend ici la thématique pascalienne de la vanité ultime de l'ordre de l'esprit. Parallèlement à cette limitation fondamentale, la logique de Satan n'est au fond qu'une sophistique : l'important est d'avoir le dessus dans la controverse, quelle que puisse être l'adéquation des idées et des mots à la réalité. C'est ainsi que Satan semble maîtriser le verbe et en jouer comme d'un instrument de séduction. Le dialogue qui oppose l'ennemi à l'âme vulnérable se solde donc par la victoire du premier, tout au moins sur le strict plan de l'argumentation. Puisqu'il en est ainsi, la stratégie la plus appropriée est celle du silence :

> « Comme c'est le vieux logicien,
> Il a fait bientôt de me réduire
> À ne plus *vouloir* répliquer rien » (p. 71).

En définitive, la capacité de l'âme à résister victorieusement au pouvoir des mots résulte du déplacement qui la conduit à se situer sur le plan de la volonté, et non plus sur celui de l'intelligence. Le domaine de cette dernière est en effet falsifié par son association avec la dialectique. La paix menacée par le verbe subverti ne peut donc être préservée que par un refus volontaire d'entrer dans la logique de ce dernier.

Signalons enfin l'usage de l'oxymore. Cette figure recèle dans *Sagesse* une valeur originale qui n'est pas sans rapport avec l'exorcisme du vieil homme. S'il en est ainsi, c'est que la juxtaposition de contraires ou d'éléments contrastés illustre le plus souvent l'ambiguïté fondamentale de l'expérience mondaine de l'oubli de Dieu. La nature mondaine de l'âme se présente volontiers sous une double face. Sa légèreté et son insouciance masquent ou révèlent, selon la pénétration du regard, sa pesanteur et sa grossièreté. L'expression de « lourde innocence » et la réputation d'« idyllique engourdi » (p. 54) répondent ainsi à une double fonction : mettre en cause la pesanteur mondaine de l'âme afin de susciter son réveil intérieur, mais aussi suggérer une sorte de bonté rêveuse et élémentaire qui serait comme sa substance et sa vérité profonde : exhortation et justification tout à la fois. L'oxymore « révoltes serviles » (p. 73) fonctionne aussi à la manière d'un révélateur du double visage de la modernité politique et donc du péché. Verlaine vise à mettre en évidence le caractère fondamentalement conformiste et passif de la soumission à la tyrannie des masses, comme à celle des passions individuelles.

UNE PAIX DANS LA JOIE ?

On aura sans doute été frappé par le caractère défensif et au fond négatif des stratégies rhétoriques et spirituelles mises à contribution par Verlaine dans sa quête de la paix. La précarité fondamentale de celle-ci tient à l'omniprésence des menaces qui la mettent en péril. Ces menaces sont sans doute plus intérieures qu'extérieures, mais leur objectivation et leur extériorisation ne sont pas sans avantages ni sans commodités. S'il est néanmoins une paix que Verlaine voudrait présenter comme une sorte de conclusion au recueil, c'est bien celle qui ressort de la célébration finale mise en scène par le poème «C'est la fête du blé». Résultant de la conjonction de la nature, du travail, des plaisirs simples et d'une religiosité un tant soit peu dionysiaque bien que située dans la symbolique chrétienne, cette paix dans la joie n'a cependant guère de rapport avec l'harmonie intérieure et mystique de la contemplation chrétienne. Il aura fallu conclure le recueil sur une note entraînante de réconciliation avec le monde et suggérer par là l'accessibilité d'un équilibre terrestre ordonné aux rythmes du cosmos — une religion naturelle en somme.

V   TEMPS ET ESPACE

Dans l'univers symbolique de Verlaine, le temps et l'espace occupent une place privilégiée. Le temps et l'espace ont une valeur qualitative solidaire de la quête spirituelle et du climat mystique de *Sagesse*. Nos précédentes considérations nous ont déjà amené à nous intéresser à certaines images spatiales et temporelles dans le cadre de la vision spirituelle de Verlaine. Nous nous proposons à présent d'étendre et de systématiser le champ de notre lecture en délimitant et en analysant les grandes catégories d'images associées à l'espace et au temps.

DIMENSIONS SYMBOLIQUES DE L'ESPACE

L'espace verlainien se définit à partir d'un certain nombre de polarités, parmi lesquelles on doit mentionner le clos et l'ouvert, l'intérieur et l'extérieur, le haut et le bas, le statique et le dynamique. Quoique révélant les grands axes de l'imaginaire de *Sagesse*, ces polarités ne sauraient être considérées comme univoques. Pourtant, on peut dire que Verlaine s'inspire pour l'essentiel des deux grands modes de symbolisation spatiale de l'expérience spirituelle, à savoir l'élévation, vecteur de la transcendance religieuse, et la profondeur, symbole de l'intériorité mystique. Ces deux schémas imaginaires doivent être saisis dans leur tension ou leur opposition avec leurs contraires.

La verticalité, positivement connotée, s'oppose à l'horizontalité, symbolique de temps mort, d'échec, comme l'évoquait déjà l'« interminable / Ennui de la plaine » de *Romances sans paroles* (FRP, p. 133). La montée s'identifie d'abord à la promesse du salut. Un contraste éloquent se lit entre la direction du regard de Niobé — « Et garde fixement des yeux / Sur les dalles de pierre rare / Ses enfants tués par les dieux » (p. 75) —, regard descendant et comme appesanti à la terre, et celui de la Vierge au Calvaire, les yeux levés sur la Croix. La perspective ascendante qui préside au second tableau ouvre les voies du salut et des cieux, elle annonce la lumière de gloire qui attend les élus :

« Ceux-là, vers la joie infinie
Sur la colline de Sion,
Monteront, d'une aile bénie,
Aux plis de son assomption » (p. 76).

Ces « plis » évoquent le manteau de la Vierge, chape miséricordieuse et protectrice. La « colline de Sion » ou de Jérusalem, le Calvaire, constitue l'archétype chrétien de la montagne sainte, axe et centre du monde où le Ciel touche la Terre par le sacrifice divin de la Passion.

L'ARCHÉTYPE SPIRITUEL

L'imaginaire de l'ascension et du surplomb ne peut que déterminer un recueil placé sous le signe de la conversion. Le converti se doit en effet de dépasser le plan existentiel qui fut le sien sous le régime de la Chute. Comme l'a montré Gilbert Durand[35], l'imaginaire héroïque constitue fondamentalement un imaginaire du dépassement : il s'agit de vaincre la passivité de l'âme pour atteindre au sommet de gloire.

35. *Les Structures anthropologiques de l'imaginaire*, Dunod, 1976.

S'ÉCHAPPER

Le regard du « prisonnier de la chair » se tourne volontiers vers le haut afin d'échapper aux affres de la pesanteur. En prison déjà, le regard s'évade par-dessus les murs, et le ciel, l'arbre, la cloche et l'oiseau, tous symboles célestes, montrent la direction d'un envol possible. La paisible simplicité de l'ambiance n'a certes aucun rapport avec l'âpreté des conquêtes spirituelles, mais elle évoque cependant en sourdine une aspiration vers un au-delà de la prison du moi passé. La « rumeur de la ville », généralement dévalorisée dans *Sagesse*, s'y trouve même pacifiée. En une association significative, l'espace ascensionnel de l'évadé en esprit suscite le rappel rétrospectif d'un passé dilapidé. La perspective ascensionnelle est alors bien moins la marque d'une affirmation de la volonté vers les hauteurs spirituelles que le fantasme tranquillisant d'un espace de rêverie.

DOMINER ET VAINCRE

L'archétype de la montée victorieuse s'impose parfois. Dans « Va ton chemin » (I, XXI), l'ascension récapitule toutes les modalités spirituelles de la voie chrétienne. Le poème se présente comme un hymne de foi et d'espérance prenant la forme d'une exhortation chaleureuse et confiante. Le sentier est « droit », tracé par le Christ et l'Église, et le seul effort exigé de l'homme consiste à gravir la pente. L'effort requis semble presque minimal : « tu n'as qu'à monter ». Et toutes les notations concourent à suggérer une atmosphère de bonheur et de détermination : « Simple, gravis la côte, et même chante » (p. 72). Le rire lui-même accompagne l'ascension, rire libérateur qui prend pour cible la ridicule impuissance du démon. La conclusion du poème pose nettement l'archétype de la victoire spirituelle par l'élévation avec l'apparition de l'Ange gardien étendant « joyeusement des ailes de victoire » (p. 72).

CONTEMPLER ET COMMUNIER

La montée permet aussi d'embrasser du regard la beauté d'un site. S'élever, c'est épouser la beauté du monde et respirer à pleins poumons. Quand il s'agit de communier avec la beauté d'un site, une perception panoramique du paysage s'offre au contemplateur. Celui que propose Verlaine au Parisien « étonné » — dans *Sagesse*, III, XIX, où la ville décrite est Arras — est placé sous le signe de la lumière et de la pureté :

« Parisien, mon frère à jamais étonné,
Montons sur la colline où le soleil est né —
Si glorieux qu'il fait comprendre l'idolâtre,
—

Sous cette perspective, inconnue au " théâtre ",
D'arbres au vent et de poussière d'ombre et d'or.
Montons. Il fait si frais encor, montons encor » (p. 104).

L'atmosphère matinale et solaire mise en place par Verlaine n'est pas sans évoquer les vigueurs païennes d'un hymne cosmique assez éloigné des sensibilités chrétiennes. C'est une promenade qui ragaillardit les marcheurs plus qu'elle ne les oriente, le poème mêlant le lyrisme du chant de la nature au provincialisme bon enfant ; point de défi mystique ici. Signe qui le confirme : la redescente n'a rien de négatif. Loin d'être une descente aux enfers du monde, elle est bien plutôt le complément harmonieux de l'ascension matinale. « Ici tout vit et meurt calme » (p. 105) : si la paix règne en ces murs, c'est qu'il n'est point de césure entre la nature et la ville de province. La campagne est partout présente, soit dans les décors, soit dans les comparaisons et les métaphores :

« Si blanches, les maisons anciennes, si bien faites,
Point hautes, çà et là des branches sur leurs faîtes,
Si doux et sinueux le cours de ces maisons,
Comme un ruisseau parmi de vagues frondaisons [...] » *(ibid.).*

> La ville où l'on descend n'est pas un labyrinthe mais, pour une fois, un prolongement de l'innocence naturelle.

LA VILLE : ESPACE MAUDIT

La grande ville, Paris, apparaît par contraste comme un espace de dissipation, celui du « vieux monstre » (p. 106), manifestation moderne des archétypes bibliques de Sodome et de Gomorrhe. Y domine la conjonction du bruit « criard », sorte de stridente violence, et de la dissimulation pécheresse, « tanière » des vices. Apparemment solide et adossée au temps du fait de ses édifices de pierre, la ville est symbole de fragilité et d'impermanence. Elle est fondamentalement condamnée à disparaître, « poudroiement vertigineux de sable » (p. 101). De même, censée tirer tous ses prestiges de la richesse et de la diversité de ses hommes et des actions qui s'y déroulent, la grande ville n'est en fait que « désert de pierres blanches » *(ibid.)*. En elle, d'innombrables solitudes sont à jamais emmurées dans leur orgueilleuse et vaine religion de la « chose coupable ». Loin d'assurer les divertissements qu'elle propose à chaque coin de rue, la grande ville n'exhale au fond qu'un « fade ennui ». Parmi ces divertissements, le théâtre est le plus factice, image même de l'illusion du monde. C'est aussi de toute évidence une des figures de la vie citadine des plaisirs. *A contrario*, la perspective offerte par la nature est « inconnue au " théâtre " » (p. 104). Un des critères de la bonne santé morale de la province réside dans le peu de cas qu'on y fait du théâtre : « Le " Théâtre " *fait four* » (p. 105). La grande ville évoque une société du spectacle où n'ont plus cours que les « débris honnis » du vieil homme et les « bourdes du moment » (p. 56).

Il convient cependant d'ajouter que la « férocité des villes » (p. 86) semble pouvoir être transcendée en direction de l'intérieur, au sein même des cités :

« De près, de loin, le Sage aura sa Thébaïde
Parmi le fade ennui qui monte de ceci »
 (p. 101).

La retraite intérieure, la « Thébaïde », paraît ainsi pouvoir échapper aux déterminations spatiales : relativisant ces dernières (« de près, de loin »), Verlaine aspire à une présence qui serait en même temps absence, à un type de vie où, « Sage » détaché de tout lieu parce qu'enraciné dans l'Ici de Dieu, il pourrait être « dans le monde » sans être « du monde ».

L'ESPACE FERMÉ ET PROTECTEUR

L'espace ouvert s'éprouve d'abord comme une liberté difficile à assumer, et presque inquiétante, car elle renvoie le sujet à sa volonté et à sa responsabilité propres. Or nous savons que la faiblesse de Verlaine le conduit plutôt vers une sagesse des garde-fous, des espaces protecteurs. L'inspiration chrétienne confirme cette tendance de par son insistance sur l'impuissance de la nature déchue et la nécessité de la Rédemption. Pourtant, d'un autre côté, et du fait de l'absence de loi dans le christianisme, l'âme chrétienne doit faire l'expérience de sa liberté. Confrontées à l'espace de cette liberté subjective, les « bonnes pensées » elles-mêmes « ont peur du vaste clair de lune » (p. 98). Elles ne sortent qu'avec réticence de l'enclos de leur berger. De même, face aux dangers de l'espace du possible, les portes de la ville de province ne s'ouvrent que contre leur gré. À l'instar de l'âme enclose en sa sécurité, la petite ville bourgeoise forme un espace fermé et protecteur, espace multiplié en autant de foyers tranquilles, soustraits au mal.

LE VOYAGE. LA MER ET L'IMMENSITÉ

La « peur de la grande route » (p. 106) qui caractérise les provinciaux exprime une méfiance à l'égard du prestige factice de l'espace ouvert. L'univers mondain, comme celui de l'enfance, apparaît en effet dans *Sagesse* comme un univers indéfini au sein duquel toutes les possibilités semblent offertes, sans contraintes et sans considération des conséquences. Le voyage lui-même est une figure de l'inconstance mondaine. Nous savons que l'expérience verlainienne du voyage aux côtés de Rimbaud n'a pas été sans conséquences sur la formation de cette vision.

Le poème « Du fond du grabat » constitue en lui-même un voyage, série d'instantanés qui retrace les étapes d'une odyssée spirituelle encore inachevée. Le caractère chaotique et exténué de ce périple résulte principalement de la vanité des projections imaginaires qui en sont le moteur :

> « Mirage éternel
> De mes caravanes ! » (p. 88).

Pourtant, ce « jeu » du « naufragé d'un rêve / Qui n'a pas de grève » (p. 89) l'initie au but : c'est une phase préparatoire, en ce sens qu'elle épuise les possibilités inférieures de l'âme, révélant ainsi à cette dernière l'inutilité du voyage et l'équivalence fondamentale de tous les lieux. Si le voyage peut être transmué en conversion du cœur, encore faut-il que monte à la surface de la conscience la nécessité du repentir, et par là l'intention de renoncer aux mirages de la route.

Si le voyage est pour l'essentiel mirage, l'espace de l'expansion marine se révèle plus ambivalent. Il est d'abord associé à l'imaginaire maternel, et son immensité apparaît dès lors libératrice. La mer « noie », en l'illimitation de son sein, les « rancœurs » et les « angoisses » de l'homme au cœur resserré. Jouant sur l'homophonie, Verlaine y rêve d'une mère qui protège, purifie, calme et berce. Telle une mère encore, elle n'hésite pas à reprendre son enfant et à le tancer au rythme de ses violences :

> « Grondeuse infinie
> De ton ironie ! » (*ibid.*).

Ses dons sont « terribles et doux » (p. 100) tout à la fois, mais sa miséricorde prévaut en définitive sur sa colère :

> « J'entends ses pardons
> Gronder ses courroux... » (*ibid.*).

Cette clémence se donne comme un bercement. L'espace marin, rythme infini, enivre l'âme douloureuse et la porte au-delà d'elle-même, « en un tiède demi-sommeil » (p. 95). La mer s'apparente donc à l'entredeux, au passage : elle invite à la bonne mort, « berceuse de râles. »

À la limite, on assiste à une spiritualisation de la mer qui, d'abord consacrée à Marie — « La mer sur qui prie / La Vierge Marie ! » (p. 100) —, semble en définitive s'identifier à cette dernière, fréquemment désignée par la formule *Maris Stella* (Étoile de la Mer), qu'a reprise Péguy dans sa *Présentation de la Beauce...* Pourtant la mer peut aussi renvoyer à l'inquiétude, comme dans « Je ne sais pourquoi » : s'imposent alors les images des vents qui balancent et de la marée qui oblique (p. 94). Ce n'est plus tant l'immensité que l'impermanence qui détermine ici la symbolique de l'espace marin.

L'espace imaginaire est en définitive déployé selon l'axe élévation-pesanteur et selon l'alternance contraction-expansion. Si l'élévation prédomine nettement en tant que direction spirituelle positive, le second doublet est marqué d'une certaine ambiguïté. La liberté de l'espace ouvert est tout particulièrement ambivalente, selon qu'elle invite — comme c'est le plus souvent le cas — à la dissipation, ou qu'elle préside au contraire à l'« expansion des choses infinies », pour reprendre la célèbre formule des « Correspondances » de Baudelaire.

QUALITÉS DU TEMPS

Comme l'espace, le temps est marqué par Verlaine d'un coefficient qualitatif. Sur le plan du devenir de l'âme individuelle, le temps de l'« homme nouveau » s'oppose au temps du « vieil homme » comme la vie et l'espérance s'opposent à la mort et au regret. Sur le plan collectif, en revanche, le passé tend à être valorisé en tant qu'âge d'or de la spiritualité chrétienne : cela est particulièrement vrai pour le Moyen Âge. Le présent, lui, est maudit du fait de ses tendances humanistes et de son oubli ou de son rejet de Dieu.

LECTURE DU PASSÉ

Tout texte de caractère autobiographique procède dans une large mesure à la manière d'une reconstruction *a posteriori*. Sur le modèle des *Confessions* de saint Augustin, Verlaine procède ainsi à une lecture de son propre passé à partir du présent de la conversion.

La confession constitue un genre fort prisé par Verlaine, comme en témoignent les textes autobiographiques *Mémoires d'un veuf* (1886), *Mes prisons* (1893) et *Confessions* (1895). Il y a chez le poète un désir d'ordonner sa vie par l'entremise de la littérature, en même temps qu'une volonté plus ou moins consciente de se justifier à ses propres yeux comme aux yeux des autres. On peut lire aussi dans ces textes, parfois complaisants, une manière de consolation nostalgique. Verlaine est un être rivé au passé, pénétré du désir d'y trouver une stabilité qui lui échappe. On ne doit pas non plus négliger la part purement alimentaire de cette littérature autobiographique de qualité fort inégale.

Le temps est envisagé sous deux angles : d'une part en tant que vanité et irréalité au regard de l'éternité (« Bien, de n'être pas dupe en ce monde d'une heure, / Mais pour ne l'être pas durant l'éternité [...] » p. 55), d'autre part en tant que trace ou symbole de cette même éternité. En un sens le temps est perdu : « Et vraiment, quand la mort viendra, que reste-t-il ? » (p. 57) et « Dis, qu'as-tu fait, toi que voilà, / De ta jeunesse ? » (p. 94).

En un autre sens, le temps passé révèle et illustre le travail de la grâce. En un paradoxe tout apparent, ce travail se laisse lire d'abord dans tout ce qui témoigne du mal. Verlaine chrétien ne peut envisager son passé profane que dans la perspective de la transgression. Le mal obnubile le regard intérieur du converti : « Je ne me souviens plus que du mal que j'ai fait » (p. 54). Et pourtant, et par là même, l'âme ne peut lire en ce mal que la force divine qui l'y a soustraite :

« Dans tous les mouvements bizarres de ma vie,

De mes " malheurs ", selon le moment et le
   lieu,
Des autres et de moi, de la route suivie,
Je n'ai rien retenu que la grâce de Dieu »
   (p. 55).

Ce qui n'était que « moment » et « lieu » devient *a posteriori* balise d'un parcours spirituel et atteste que la main de Dieu constituait le véritable moteur. La passivité naturelle de Verlaine ne peut que le conduire à s'imaginer porté par la force miséricordieuse de la grâce.

INNOCENCE ET PROMESSE DU PASSÉ

Le passé c'est aussi le règne des valeurs douces et maternelles placées sous le signe de l'innocence. Dans cette perspective, la personne ne saurait se séparer de tout ce qui la forme et la construit : l'individuel touche au collectif. La culture reçue est une bénédiction qu'il convient de faire fructifier. Du reste, si ses racines plongent profondément dans l'immémorial passé, l'histoire embrasse également présent et futur : elle est principe de permanence par-delà les temps, symbole d'éternité. La transgression individualiste n'est donc qu'arrachement stérile à ce passé porteur d'avenir :

« Malheureux ! Tous les dons, la gloire du
   baptême,
Ton enfance chrétienne, une mère qui
   t'aime,
La force et la santé comme le pain et l'eau,

Cet avenir enfin, décrit dans le tableau
De ce passé plus clair que le jeu des marées,
Tu pilles tout, tu perds en viles simagrées
Jusqu'aux derniers pouvoirs de ton esprit,
   hélas ! » *(ibid.).*

Telle une branche coupée de l'arbre, l'âme sans contact avec son passé familial et culturel ne peut que courir les routes des « tombes toujours neuves » et le « jeu des marées » de la « vieille mer sous le jeune soleil » (p. 53).

L'ATTACHEMENT AU PASSÉ

En quête de cette sève spirituelle, le Verlaine de *Sagesse* vise avant tout à s'enraciner dans le sol historique d'une tradition. Cette réalité culturelle et collective fonctionne comme un principe quasi maternel de stabilité et de protection. Si la ville de province échappe à la malédiction citadine, c'est en partie du fait de sa fidélité au passé :

« — Des places ivres d'air et de cris d'hirondelles,
Où l'Histoire proteste en formules fidèles
À la crête des toits comme au fer des balcons » (p. 105).

Cette « protestation » de l'Histoire, c'est la résistance au changement qui détruit les vestiges de la mémoire chrétienne. Elle s'associe à la joie et à l'ivresse naturelle, en un contraste saisissant avec le « long ennui de vos haussmanneries » *(ibid.)*. Verlaine renverse les éléments du contraste ville-campagne ou Paris-province en situant la joie et le plaisir du côté des seconds. S'il en est ainsi, c'est que la province et la campagne demeurent attachées aux mœurs du passé, mœurs qui sont conçues comme proches de la nature et de ses rythmes.

Ce n'est pas à dire, pourtant, que *Sagesse* n'inclue point de regards plus favorables sur la modernité. Le prologue de la troisième partie réhabilite en effet dans une certaine mesure cette dernière, compte tenu précisément du climat de réconciliation et de «relâche» spirituelle qui préside à cette phase inclusive de la contemplation verlainienne :

«Délicat et non exclusif,
Il [le poète] sera du jour où nous sommes !
Son cœur, plutôt contemplatif,
Pourtant saura l'œuvre des hommes» (p. 86).

L'affaiblissement de la tension mystique et le retour au monde infléchissent nettement la lecture verlainienne de l'Histoire. Le poète n'entend plus se barder des références héroïques d'un passé mythique, il se propose plutôt d'embrasser son époque et de célébrer ce qu'elle a de légitime et de positif. Cette reconnaissance va de pair avec une réhabilitation de l'«œuvre des hommes» que la conclusion du recueil convertira en mystique naturelle du travail.

MODÈLES DU PASSE

Il reste que le passé recouvre une diversité de registres et que les modèles y sont multiples. Verlaine va donc s'attacher à ancrer son propos dans une série de figures historiques plus ou moins mythiques. Sa passivité et sa faiblesse sont en quête d'un climat spirituel, ou d'un cadre culturel, qui permettrait à la personnalité de se structurer autour d'un axe spirituel stable, et de bénéficier de tous les soutiens et supports que peut prodiguer à l'âme un univers culturel homogène et idéalement centré sur Dieu. La première partie du recueil, polémique et combative, offre à cet égard les exemples les plus probants. Les sonnets IX et X proposent tour à tour deux modèles : le XVIIe siècle et le Moyen Âge, le second étant en définitive préféré au premier. Le choix de ces deux périodes est significatif : toutes deux précèdent des périodes de rupture avec l'univers traditionnel : la Renaissance d'une part, les Lumières de l'autre. Toutes deux sont aussi des époques profondément marquées par la théologie mystique, toutes deux sont aussi, bien que différemment, profondément théocentriques. Dans les deux cas, Verlaine se projette dans une identité fictive et nostalgique, classique ou médiévale. Le ton de cette projection diffère cependant ; il s'agit dans le premier cas d'un simple regret :

« Ô n'avoir pas suivi les leçons de Rollin,
N'être pas né dans le grand siècle à son déclin » (p. 59).

À ce regret de n'avoir pas été se substitue, avec le Moyen Âge, un désir d'être rétrospectif, mode de rêverie historique beaucoup plus décisif et actif.

QUIÉTUDE DE L'ÂGE CLASSIQUE

Les références au XVIIe siècle sont, dans *Sagesse*, empreintes d'un conformisme un peu plat. Cet âge classique ne reflète en rien la pleine gloire du Roi-Soleil. Il est vrai qu'il est surtout envisagé « à son déclin » *(ibid.)*, c'est-à-dire probablement jusqu'au début du XVIIIe siècle, et sous le signe de la piété quelque peu étroite de Mme de Maintenon. Les notations imaginaires relèvent soit d'une tranquillité naturelle sans apprêt — « soleil couchant », « ombre douce », « lilas et roses » —, soit d'une atmosphère bourgeoise un peu besogneuse et « bondieusarde » (« étude », « soin charmant », « coiffes de lin », « la veuve et l'orphelin », « simplement, bonnement », *ibid.*). Le poème se clôt sur une référence à la fable de La Fontaine « Le gland et la citrouille », dans laquelle se trouve exprimé en conclusion (« En louant Dieu de toute chose, / Garo retourne à la maison ») un idéal de contentement et de providentialisme un peu naïf.

L'ensemble de cette vision de l'âge classique laisse donc une impression de mièvre artificialité. Jacques Robichez va jusqu'à parler d'une « religion niaise[36] ». Le XVIIe siècle évoque ainsi curieusement la sagesse bourgeoise, et au fond assez marginalement chrétienne, du bon sens et de la modération. Il est

36. *Œuvres poétiques, op. cit.*, p. 603.

à noter que ces caractères ne sont pas ceux qui conduisent Verlaine à délaisser, dans le sonnet X, le XVIIe siècle pour le Moyen Âge. Les deux reproches adressés au Grand Siècle — « Il fut gallican, ce siècle, et janséniste ! » (p. 60) — ne font que confirmer le caractère étroitement conservateur de la fiction historique de Verlaine.

Le gallicanisme, tendance de l'Église de France à se rendre indépendante de Rome, se manifesta dans toute sa vigueur sous le règne de Louis XIV. Le jansénisme, mouvement théologique issu du théologien hollandais Jansénius et qui mettait l'accent sur l'impuissance de la volonté humaine, rencontra un large écho en France (l'abbaye de Port-Royal marqua profondément, entre autres, Pascal et Racine) avant d'être condamné par la papauté et persécuté. Ces deux mouvements furent particulièrement influents au XVIIe siècle, parfois de façon convergente, et campèrent tous deux sur des positions considérées par Rome comme hétérodoxes. Verlaine, soucieux de se voir attribuer une réputation de bonne conduite théologique et morale, ne peut donc que les rejeter.

ARDEUR DU MOYEN ÂGE

En contraste avec la quiétude doucereuse du modèle classique, le Moyen Âge apparaît surtout doté d'une ampleur universelle et d'une énergie vitale extraordinaire. Si le XVIIe siècle semblait enclore la nostalgie verlainienne dans une doucereuse conformité d'écolier modèle, le Moyen Âge sonne comme un appel aux armes et s'éploie comme un horizon sans fin. Renversant le stéréotype du Moyen Âge sombre et barbare, voire inculte, Verlaine propose une vision quasi encyclopédique de cette époque, la définissant en des termes que l'on associerait plutôt conventionnellement à la Renaissance :

« Roi, politicien, moine, artisan, chimiste,
Architecte, soldat, médecin, avocat,
Quel temps ! [...] *(ibid.)*.

Éprise de totalité sous le regard de Dieu, l'époque médiévale est également campée dans ses deux dimensions, guerrière et contemplative. Au bourgeois du XVIIe siècle répondent ici le moine et le soldat. « Que j'eusse part [...] à la chose vitale » *(ibid.)* : Verlaine renverse une fois encore l'image commune du Moyen Âge épris d'ascèse et de mort, pour lui substituer une ambiance de vigoureuse communion avec l'énergie fondamentale de la vie. Qui plus est, le bon sens classique et bourgeois fait à présent place nette pour « la folie unique de la Croix » *(ibid.)*. Et comme en écho, le zèle actif du service (« Humbles servaient la Messe et chantaient aux offices », p. 59) et la tranquillité d'une vie accordée aux plaisirs simples et saisonniers (« Et, le printemps venu [...], d'aller dans les Auteuils cueillir lilas et roses », *ibid.*) se trouvent supplantés par l'audace mystique de l'ascension, de l'arrachement à la pesanteur terrestre, typifiée par la « folle Cathédrale » qui défie toutes les lois du bon sens bourgeois pour s'élever vers la promesse du Ciel.

Il apparaît ainsi assez clairement que, parmi toutes les références historiques qui pourraient fonder un âge d'or de la spiritualité et de la morale, l'âge classique et le Moyen Âge correspondent respectivement l'un à la sagesse sociale et convenue que Verlaine a toujours désirée, l'autre à une vérité spirituelle et mystique de nature plus profonde et plus intégrale, à une réalisation en et par Dieu. Notons que cette *laudatio temporis acti*, lieu commun s'il en est, se trouvait déjà dans la préface en vers des *Poèmes saturniens*, hommage aux « sages d'autrefois, qui valaient bien ceux-ci [ceux de notre temps] » (FRP, p. 33).

LES SAISONS COMME SYMBOLES

La présence des saisons dans le recueil atteste l'importance d'une symbolique cosmique qui retrace, reflète ou préfigure les grandes phases de l'histoire de l'âme. À cet égard, un moment privilégié parmi tous est celui de la transition de l'hiver au printemps. Ce moment critique constitue l'analogue de la période de conversion, période qui est à la fois mort et vie et jonction entre les deux.

Le poème « La bise se rue » (III, XI) est sous ce rapport emblématique. Il s'agit au fond d'un paysage d'âme qui permet d'opérer le passage de l'ambiance campagnarde à l'injonction spirituelle. Ce « printemps sévère » résonne comme une promesse encore mêlée des avertissements de la rigueur. Ailleurs, le printemps se lit plus exclusivement sous son aspect pascal de pur renouveau. Les « haies [qui] moutonne[nt] à l'infini », le parfum des «jeunes baies» (p. 98), le «vert tendre» des arbres et le jeu de «grandes brebis aussi douces que leur laine blanche» (p. 99) mettent en place un imaginaire vernal d'innocence et de pureté. Ce printemps blanc et vert est aussi un dimanche, jour de la réconciliation avec Dieu et les joies simples et légères de la «flûte» et du «lait», «espèces» intimes de la cloche et du ciel.

LE TEMPS FESTIF OU L'ABOLITION DU TEMPS

Le temps festif et religieux sur lequel se clôt le recueil abolit la linéarité du temps de la Chute pour instaurer une perception cyclique. Ce caractère cyclique lie le temps aux rythmes naturels, l'associant ainsi au principe de vie et de palingénésie. L'espace lui-même semble restauré et comme renouvelé :

«C'est la fête du blé, c'est la fête du pain
Aux chers lieux d'autrefois revus après ces
   choses !» (p. 106).

L'espace du passé est ici recouvré, mais à présent transfiguré dans «un bain de lumière» qui consacre comme une restitution de sa pureté originelle souillée par «ces choses». Cette restauration abolit le temps comme dégradation et mort pour lui substituer une sorte de permanence toujours renouvelée dans l'instant. Le «halètement» de la nature et de l'homme au travail, les modifications de la plaine « à chaque instant » *(ibid.)*, la « plongée » puis la réapparition des blés au vent, toutes ces évocations poétiques traduisent une création instantanée et comme constamment renouvelée dans la joie du miracle de l'existence. Le concept de restauration s'entend d'ailleurs ici dans la pluralité de ses sens, puisqu'il indique aussi la participation eucharistique aux nourritures terrestres :

« Nourris l'homme du lait de la terre, et lui donne
L'honnête verre où rit un peu d'oubli divin »
(ibid.).

La nourriture, et surtout la boisson, font donc l'objet d'une rédemption sous le régime de la nature et du travail. La référence aux deux espèces, le pain et le vin, réintroduit *in fine* la perspective chrétienne, mais en la plaçant dans le cadre d'un chant du monde qui « paganise » quelque peu son mythe. Pourtant, il est indéniable que la mention du calice et de l'hostie parachève l'abolition du temps linéaire en associant l'eucharistie, en partie naturalisée, à un rythme cyclique régénérateur qui ramène constamment l'existence à son cœur vibrant.

VI   ENTRE RHÉTORIQUE ET MUSIQUE

Sagesse fut considéré par la plupart des poètes contemporains de Verlaine comme son œuvre la plus importante, le couronnement de sa carrière poétique. Verhaeren la définira ainsi comme la « couronne blanche » du poète. Inversement, comme nous l'avions rappelé en introduction, la critique considère dans l'ensemble le recueil comme très inégal et au fond peu novateur sur le plan prosodique : Jacques Robichez juge son souffle poétique « menacé de divers côtés[37] » par la banalité et la subtilité, tandis que Claude Cuénot, plus sévère encore, estime qu'« on n'a pas de peine à ramasser à pleines poubelles des poèmes soit médiocres, soit au-dessous du médiocre[38] ».

Sur les plans rythmique et harmonique, le recueil consacre un « assagissement » dans le sens d'un retour à des modalités moins originales que dans les œuvres qui le précèdent. Il s'inscrit néanmoins, ne serait-ce qu'en raison de l'échelonnement de la chronologie des compositions, dans la lignée de l'idéal de souplesse et de « musique » qui restera le legs majeur de Verlaine. L'inspiration chrétienne affecte enfin la facture en deux sens bien différents : le propos didactique condamne trop de passages au statut de « fleurs de rhétorique » un peu fanées, mais la vigueur de l'émotion spirituelle anime aussi des images hardies et suscite même parfois une réelle

---

37. *Œuvres poétiques, op. cit.*, p. 172.

38. *La Bonne Chanson, Romances sans paroles, Sagesse, op. cit.*, p. 186-187.

originalité prosodique. Verlaine confirme lui-même les apports de son recueil dans une lettre à Clarétie : « Vous y trouverez tout au moins un effort nouveau et une grande conscience littéraire et quelques nouveautés dans les rythmes et les coupes[39]. »

39. *Œuvres complètes*, Club du Meilleur Livre, p. 1151.

RETOUR À L'ALEXANDRIN

Par rapport aux trois recueils qui le précèdent, *Sagesse* consacre un retour à la pratique de l'alexandrin. En témoignent treize pièces sur vingt-quatre dans la première partie, la quasi-totalité (douze sur treize) de la seconde partie, et six pièces sur vingt dans la dernière, soit plus de la moitié du recueil. Dix-neuf de ces trente et une pièces en alexandrins sont des sonnets, ce qui marque assez le désir de fidélité à une facture consacrée et à ses lettres de noblesse. En ce sens, Verlaine renoue avec les *Poèmes saturniens*, lesquels comptaient dix sonnets dont les sept plus significatifs dans « Melancholia ». Les *Fêtes galantes*, *La Bonne Chanson* et les *Romances sans paroles* ne comportent pas un seul sonnet et l'alexandrin y est nettement minoritaire, sinon résiduel. La « dissonance » choquante à laquelle Verlaine fait allusion dans sa préface à propos de ses « œuvres de jeunesse » n'est donc pas non plus sans rapport avec les normes prosodiques.

L'ALEXANDRIN CLASSIQUE

L'alexandrin de *Sagesse* n'est pas plus « classique » que celui des *Poèmes saturniens*. Il peut même être à bien des égards considéré comme plus audacieux. Dans sa définition classique, reconfirmée par les poétiques du XIXe siècle (celle de Quicherat par exemple), l'alexandrin est indissociable de la binarité rythmique 6/6 avec césure fixe après la sixième syllabe. Cette binarité rythmique exclut de plus, en principe, la présence d'un *e* muet à la césure. Qui plus est, et cela n'est pas moins important pour les codificateurs de l'alexandrin, la binarité rythmique se doit de correspondre à une binarité syntaxique ou sémantique. L'idéal classique consiste ainsi à couler cette dernière dans le moule binaire du schéma à césure fixe. Les puristes vont, par exemple, jusqu'à exclure l'alexandrin dans lequel des éléments syntaxiques du deuxième hémistiche (six dernières syllabes du vers) seraient grammaticalement dépendants de syntagmes du premier.

FRACTURE DE L'ALEXANDRIN

Dans son premier recueil, Verlaine s'inscrivait dans la lignée des entreprises romantiques de dislocation de l'alexandrin. Le trimètre romantique 4/4/4 se retrouve ainsi dans sa forme la plus pure dans les sonnets des *Poèmes saturniens*, tels que « Vœu » — « L'or des cheveux, l'azur des yeux, la fleur des chairs » (FRP, p. 41) —, ou mieux encore, et plus audacieusement, dans « Lassitude » — « De la douceur, de la douceur, de la douceur ! » (FRP, p. 42). Mais Verlaine allait bien au-delà de cette fracture du rythme binaire : son mépris affiché de toute subordination automatique du sens au rythme le conduisait à présenter des alexandrins tels que « Je fais souvent ce rêve étrange et pénétrant » (FRP, p. 43) et « Ne valent pas un long baiser, même qui mente ! » (FRP, p. 42). La césure tombant sur un nom à syllabe finale non accentuée conduit dans le premier soit à placer la coupe sur le mot « rêve » en prononçant *rê*(6) //*vé*(7), soit à valoriser le *e* muet en coupant après le mot « rêve ». Quant au second alexandrin, il présente un défi caractérisé aux règles classiques en plaçant à la sixième syllabe un adjectif, le séparant ainsi rythmiquement du nom qu'il qualifie. Une telle fracture vise sans aucun doute à « contrarier » le lecteur en mettant rythmiquement en valeur un terme relativement insignifiant (« long »), obligeant ainsi la lecture à se libérer de la contrainte de la césure fixe en coupant 8/4. Cette division asymétrique, très fréquente chez Verlaine, permet aussi de mettre en œuvre le procédé du rejet (ou contre-rejet) *interne*, qui souligne très fortement l'importance d'un mot spécifique, tout en déployant ses couches de sens superposées. C'est le cas, dans le dernier vers cité, du mot « baiser », qui se trouve pris entre deux pauses rythmiques, celle de la virgule et celle de la césure classique, qui subsiste toujours, même de façon atténuée, par la grâce d'une habitude de lecture.

USAGE DE L'ALEXANDRIN DANS *SAGESSE*

L'usage de l'alexandrin correspond d'abord à une certaine visée signifiante et thématique. Il prédomine dans la première et surtout dans la deuxième partie du recueil et se trouve par là associé à une certaine tension spirituelle. Il caractérise les sonnets de « Mon Dieu m'a dit » en tant que mètre noble et solennel. Il domine également les pièces graves et didactiques (« Malheureux ! Tous les dons », « Sagesse d'un Louis Racine »). Son usage correspond parfaitement en cela aux choix explicites du Verlaine critique de lui-même, lequel déclarait n'oser « employer le mètre sacro-saint qu'aux limpides spéculations, qu'aux énonciations claires, qu'à l'exposition rationnelle des objets, invectives ou paysages » (OPC, p. 721). On doit cependant prendre acte du fait que l'alexandrin répond aussi dans *Sagesse* à la couleur émotive des évocations vibrantes de la tentation et du combat spirituel (« Qu'en dis-tu, voyageur ? », « Les faux beaux jours »). En revanche, l'ampleur rhétorique de ce vers convient moins bien à la troisième partie, plus « musicale » et personnelle, encore qu'il anime le grand finale du recueil par la binarité cérémonielle de son rythme (« C'est la fête du blé, c'est la fête du pain » (p. 106). Dans *Amour* et *Bonheur*, l'alexandrin prédomine, avec d'autres mètres pairs hyper-classiques tels qu'octosyllabes et décasyllabes, mais, à de rares exceptions près, ce conventionalisme métrico-prosodique ne fait qu'y accentuer celui de la pensée.

ASSOUPLISSEMENT DE L'ALEXANDRIN

Sur le plan métrique, les audaces du premier Verlaine sont, dans *Sagesse*, confirmées et même amplifiées. Un vers comme « Sagesse d'un Louis Racine, je t'envie ! » illustre fort bien les libertés prises par Verlaine, et la tendance prosaïque qui en résulte. La nécessité métrique de la diérèse un peu comique du « Louis » et la coupure sémantique irrégulière 9/3, laquelle tombe par surcroît sur un *e* muet, constituent des entorses au code des puristes. Quant à la conjonction du sens et du rythme, des vers comme

« On n'offense que Dieu qui seul pardonne. Mais
On contriste son frère, on l'afflige, on le blesse » (p. 66).

montrent assez le peu de cas que peut en faire Verlaine. L'enjambement provocateur, survalorisé par le contre-rejet, rompt totalement l'équilibre de l'alexandrin. Il est enfin très significatif que l'ultime vers du recueil présente un démembrement rythmique radical de la binarité traditionnelle de l'alexandrin, donnant lieu à un curieux mètre 5/4/3 : « La Chair et le Sang pour le calice et l'hostie ! » (p. 106). Toute tentative pour scander ce vers selon la norme classique ne pourrait aboutir qu'à placer la césure après « pour », soulignant ainsi paradoxalement le mot le plus contingent et le moins sémantiquement signifiant. Il convient de remarquer que cette rupture finale, faisant suite à trois vers aux hémistiches parfaitement classiques, semble imprimer au vers une allure d'autant plus rapide. L'extension métrique décroissante des parties du vers, marquant une accélération uniformément accrue, semble refermer le poème et le recueil sur le substantif qui le clôt.

USAGE DU SONNET

La « géométrie mystique » du sonnet emblématise, dans la tradition poétique française, l'idéal d'une forme à la fois contraignante et expressive. *Sagesse* consacre un retour à cette forme avec un total de dix-neuf pièces (au nombre de sept, dix et deux respectivement selon les parties). En dehors de la série de « Mon Dieu m'a dit », on peut compter six sonnets dignes d'intérêt critique approfondi et trois sonnets didactiques de peu de valeur poétique. Ce qui frappe d'abord dans les meilleurs de ces sonnets, et cela en net contraste par rapport au discours critique de Verlaine, c'est le caractère pathétique de ces pièces. On y remarque notamment une forte fréquence des exclamatives et des interrogatives : en moyenne pas moins de quatre par poème. Cette expressivité des sonnets, en alexandrins pour la plupart, résulte également d'une incontestable audace rythmique et imaginaire qui place la plupart de ces pièces au nombre des réussites de *Sagesse*.

LE RYTHME AU SERVICE DU SENS

Le rythme de « Ô vous, comme un qui boite » (p. 57) illustre bien ces audaces : on y perçoit un effort pour suggérer le caractère heurté de la démarche intérieure qui y est exprimée. Tel que nous proposons de le scander (2-6-4/1-5-6/4-4-4/3-6-3//3-3-6/6-6/3-3-1-5/1-2-6-3//3-3-6/4-4-4/5-7//3-3-6/6-6/3-3-6/), ce sonnet présente une série de ruptures abruptes dans les quatrains, puis un retour au rythme ternaire dans le premier tercet, suivi d'une sorte de rééquilibrage dans le dernier tercet. Ces trois tendances rythmiques correspondent assez fidèlement à trois intentions sémantiques : évocation du caractère chaotique du passé, suggestion d'un influx pacificateur de la grâce et, enfin, expression d'une harmonisation de l'âme restaurée dans l'amour.

On retrouve ailleurs d'autres conjonctions du sens et du rythme de ce type. Citons par exemple le vers « Ô, va prier contre l'orage, va prier » (p. 58) dont le rythme rapide et irrégulier épouse l'urgence pathétique du propos spirituel. Mentionnons enfin le premier tercet du poème I, VIII :

« Dormir chez les pécheurs étant un pénitent,
N'aimer que le silence et converser pourtant ;
Le temps si long dans la patience si grande »
   (p. 59).

Le passage de la structure binaire 6/6//6/6 au ternaire irrégulier 4/6/2, avec allongement du second segment par la diérèse (pati-ence) et la sonorisation du *e* final, suggèrent ici encore une association du sens et du rythme : la binarité renvoyant à la dualité inconfortable de l'existence chrétienne dans le monde, l'allongement du vers final renforçant quant à lui les suggestions de durée et de constance dans l'effort de la « vie humble ». Comme l'a bien vu Paul Claudel, le rythme verlainien est subordonné à un mouvement intime : « Avec Verlaine se trouve illustrée la pensée du sage chinois : " Le nombre parfait est celui qui exclut toute idée de compter. " [...] Ce n'est plus un membre logique durement découpé, c'est une haleine, c'est la respiration de l'esprit, il n'y a plus de césures, il n'y a plus qu'une ondulation, une série de gonflements et de détentes[40]. »

40. *Revue de Paris*, février 1937, p. 499.

LE SONNET MYSTIQUE

Les sonnets de « Mon Dieu m'a dit » présentent une originalité propre. Si le sonnet se caractérise principalement comme une unité de rythme et de sens concentrée et refermée sur elle-même, l'organisation d'une série de sonnets en séquence remet en question la nature de cette unité. De plus, la structure dialogique de l'ensemble prête à ces pièces un surcroît de différence. Si la composition harmonique de la forme demeure pour l'essentiel inchangée, les aspects dialogiques et syntagmatiques transforment profondément la structure cristalline du sonnet.

Le relatif prosaïsme de l'expression résulte tout d'abord de la nature du dialogue mystique : l'âme se met à nu devant son Dieu, elle renonce à tout apprêt. Or, cette simplicité qui vise à un effet de naïveté tranche avec la tradition qui conçoit la concision et les contraintes du sonnet comme le cadre d'une construction homogène, relevée et tendue. Dès les premiers vers de la série, Verlaine nous présente au contraire une sorte de détente rythmique, parallèlement à un ton d'une évidence brute et élémentaire :

« Mon Dieu m'a dit : Mon fils, il faut m'aimer. Tu vois
Mon flanc percé, mon cœur qui rayonne et qui saigne,
Et mes pieds offensés que Madeleine baigne
De larmes, et mes bras douloureux sous le poids

De tes péchés, et mes mains ! » (p. 80).

Si la tension du sonnet classique résulte également de la vigueur de la clausule, ou « pointe » finale, Verlaine tend à limiter l'impact de cette dernière. La conclusion devient ainsi moins une chute qu'une transition. Elle prend souvent la forme d'une interrogation ou d'une exclamation qui suspend et relance tout à la fois le cours du dialogue spirituel. Le rythme du sonnet illustre, parallèlement, une progression hésitante et hachée. Les « Je ne veux pas ! », « Oui, comment ? », « Est-ce possible » ne sauraient contribuer, par les nombreuses pauses qu'ils introduisent, à la parfaite unité, à la fois statique et dynamique, du sonnet traditionnel. Ce caractère non clos du sonnet verlainien témoigne d'une répugnance générale à donner une impression d'achèvement. La pièce reste ouverte, « indéfinie », comme la musique verlainienne en général. Rappelons que dans le domaine musical à proprement parler, les compositeurs du XIXe siècle, particulièrement Chopin, Wagner et Debussy, pratiquent aussi cette « irrésolution » des accords, qui cessent d'être « parfaits », mais gagnent en nuances émotionnelles.

Signalons enfin, dans le même registre, un sonnet célèbre, et éminemment wagnérien tant par le thème que par le timbre, qui constitue la plus belle réussite du recueil *Amour*, par ailleurs fort médiocre. Il s'agit de *Parsifal* (p. 134), inséré entre un hommage à Louis II de Bavière, le « roi fol », mécène du maître de Bayreuth, et un poème intitulé « Saint Graal » (p. 135). Ce sonnet, dont le plan narratif suit l'ordre des épisodes de l'opéra wagnérien, joue d'une manière intéressante sur les décalages entre métrique et prosodie, ainsi que sur les échos et dissonances.

Dès le premier quatrain, le rythme de l'alexandrin est mis à mal :

« Parsifal a vaincu les Filles, leur gentil
Babil et la luxure amusante — et sa pente
Vers la Chair de garçon vierge que cela tente
D'aimer les seins légers et ce gentil babil »
   (p. 134).

Boileau, sans nul doute, eût frémi d'horreur devant ces trois premiers alexandrins. Le premier, déjà, comporte un rejet interne fort expressif, mais très lourd : « les Filles » se trouve isolé entre la césure — elle-même peu orthodoxe — après « vaincu » et une forte coupe, produite par la virgule et amplifiée par le *e* final de « Filles ». L'enjambement gentil / Babil, au début du vers suivant, est d'autant plus osé qu'il contient un effet d'homéothéleute, ou de rime interne, puisque la rime entre vers 1 et vers 4 nous oblige à prononcer le *l* final de « gentil ». Le contre-rejet « et sa pente » est renforcé par le tiret, qui à l'époque indiquait une rupture très forte dans la diction de la phrase ; quant au vers 3 qui en est le prolongement sémantique, c'est une sorte de trimètre boiteux, dont le deuxième segment est allongé par une terminaison féminine : « Vers la chair / de garçon vierge / que cela tente » qui se découpe ainsi en 3-5-4.

Le premier vers du second tercet est lui aussi une perle des plus baroques : si l'on veut s'en tenir au rythme binaire, il faudrait se résoudre à une césure dite « enjambante » qui coupe en deux le mot « adore », de même qu'au vers suivant « resplendit » serait coupé après sa première syllabe. Il paraît plus économique de suivre la prosodie — c'est-à-dire le rythme naturel des groupements de mots tels qu'ils apparaissent dans le texte — mais une nouvelle irrégularité surgit alors. Ce vers se découperait en 8/4, avec un *e* prononcé à la fin du premier hémistiche — « adore » — ce qui constitue une césure dite « lyrique », très rare en poésie moderne.

Sur le plan des sonorités, ce sonnet est une véritable « transposition d'art » qui vise à donner des équivalences poétiques aux audaces wagnériennes. D'une part nous avons d'intéressantes paronomases : « très saint Trésor », « en robe d'or il adore » ; d'autre part, le vers final s'ouvre sur un extraordinaire hiatus : « Et, ô », qui symbolise un point d'orgue, une montée mystique vers le chœur des anges. Une véritable déchirure semble se faire dans l'existence, et nous entendons s'ouvrir brusquement le seuil d'un autre univers, divin, rempli d'échos vibrants et clairs : cinq fois le son /ā/ dans « ces voix d'enfants chantant dans la coupole ! ». T. S. Eliot admirait tant ce vers qu'il le cite en version originale dans son poème *The Waste Land*[41].

41. Dans ce monument lyrique du XXe siècle, le poète anglo-américain (1888-1965) insère en effet des citations d'auteurs classiques, anglais et français, créant ainsi un effet de «collage» destiné à peindre les ruines d'un monde stérilisé par l'absence de Dieu.

Nous avons donc affaire ici à un renouvellement de la forme poétique du sonnet à partir d'une exigence sémantique et dramatique. Il est bien clair que Verlaine subordonne la structure prosodique à la vibration émotive et spirituelle. Ce faisant, il révèle ce que sa poésie a peut-être de plus moderne : une conception du poème comme émergence rythmique et harmonique d'un état intérieur.

Verlaine a lui-même souligné — dans la lettre à Clarétie citée plus haut — que les nouveautés de son recueil tenaient essentiellement à des initiatives d'ordre rythmique. Son « Art poétique » posait la priorité de la « musique » dans les termes d'un choix de l'impair (« De la musique avant toute chose, et pour cela préfère l'impair »). La signification de cette association reste discutable : elle réside probablement dans une compréhension de la musique comme « état indéfini ». L'opposition théorique à la binarité du vers pair renverrait ainsi à un souci de non-définition, dans la mesure tout au moins où la définition suppose une délimitation autosuffisante représentée par la structure paire, refermée sur elle-même.

L'IMPAIR DANS *SAGESSE*

Si les *Romances sans paroles* ont consacré les rythmes impairs avec des poèmes comme «C'est l'extase langoureuse» et « Dans l'interminable », *Sagesse* ne présente qu'un nombre relativement réduit de vers à mètre impair : on ne compte que dix poèmes mettant en jeu de tels vers ; encore figurent-ils presque tous — sauf deux — dans la troisième partie du recueil. Il ne fait guère de doute que cette relative marginalité de l'impair tient à l'intention fondamentale qui préside au recueil : celle d'une redéfinition de soi dans la foi et à l'intérieur de la structure religieuse. L'impair, rythme de l'indéfinie rêverie, ne convient guère à l'expression d'un ressaisissement de soi dans la claire conscience d'une conversion. Pourtant, même à l'intérieur de ce cadre religieux, l'impair peut répondre à d'importantes intentions expressives.

C'est ainsi que la rapidité des pentasyllabes, tout en prolongeant l'inspiration des paysages de *Romances sans paroles*, n'est pas sans ouvrir de nouvelles perspectives. On y lit comme une impatience, un désir de brûler les étapes de la vie pour accéder à un terme qui soit au minimum silence de mort, au mieux assoupissement bienheureux dans la miséricorde. Il s'agit moins de chanter sur un rythme de comptine que de suggérer la brièveté de l'existence et l'urgence de la nuit :

> «Un grand sommeil noir
> Tombe sur ma vie :
> Dormez, tout espoir,
> Dormez, toute envie ! » (p. 93).

Le poème « Du fond du grabat » répond à la même impatience d'une rencontre avec Dieu, d'une libération : « Vis en attendant / L'heure toute proche » (p. 89). Le rythme impair et rapide peut suggérer cette tension d'un halètement qui ne tend que vers une réponse extérieure à lui-même, que cette réponse en suspens soit Jésus, le silence ou l'infini marin.

DE LA MUSIQUE AVANT TOUTE CHOSE

La nature musicale de l'impair reste, on le sait, extrêmement difficile à cerner. Elle ne nous semble avoir qu'une signification fondamentale : exprimer la voix de l'âme, la libérer des contraintes d'un rythme figé. L'impair se définit ainsi moins en tant qu'impair qu'en tant que contraire du rythme pair. Il introduit une différence significative en cassant le moule binaire. Il aura d'autant plus cette valeur que des vers de mètre variable seront conjugués, rompant tout effet de régularité et d'assise rythmique.

«Je ne sais pourquoi » combine ainsi, en une liberté sans équivalent dans le recueil, des vers de cinq, neuf et treize syllabes. Les fluctuations de l'ivresse, de l'inquiétude et de l'angoisse y trouvent un langage rythmique d'autant plus adapté. L'accumulation des *e* muets rend improbable toute certitude quant à la scansion. Le vers « D'une aile inquiète et folle vole sur la mer », partie intégrante du refrain, est un défi aux lois prosodiques. La synérèse en ferait un alexandrin, mais il est plus probable, par parallélisme, qu'il s'agit d'un vers de treize syllabes. La rupture de rythme du vers final, conjuguant l'impair et le pair en 9/4 — « Mon amour le couve au ras des flots. Pourquoi, pourquoi ? » (p. 95) —, rend parfaitement compte, par son audace, de ce fléchissement expressif du mètre ordonné aux impressions de la « musique sentie », pour reprendre la formule de Claude Cuénot. De même, « La tristesse, la langueur », sonnet irrégulier en vers de onze syllabes, présente le modèle verlainien d'un rythme continué et ralenti en harmonie avec la thématique mi-sensuelle, mi-contrite du poème. « La douleur de voir encore du fini !... » évoque la clef de cette musique : un désir de prévenir toute terminaison en arête du mouvement de la rêverie.

On trouve quelques rares poèmes en mètre impair dans *Bonheur*, dont l'effet est moins perceptible. Le poème XXI, « Ô, j'ai froid d'un froid de glace » (p. 214-215), traduit ainsi en distiques heptasyllabiques un état intérieur proche de la déréliction, un sentiment d'impuissance et d'abandon. Le mètre de sept syllabes se marie à une certaine gaucherie, qu'on espère voulue, de l'expression, visant à faire assentir ce trouble d'une âme qui ne sait pas se donner à elle-même des contours très nets. Du reste certains de ces vers multiplient les diérèses, ce qui ajoute à leur ambiguïté rythmique. Ainsi, seul le patron métrique de l'ensemble du poème nous permet de savoir comment il faut scander ce distique :

> «Tes humiliations
> Sont des bénédictions» (p. 215).

Pour retrouver le mètre heptasyllabique, il faut observer une diérèse dans «bénédictions» et une double diérèse dans «humiliations». Le procédé est des plus lourds. Au mieux, ces vers définissent un langage formel qui sied à ce «retour de foi» peu convaincant et tiède. Verlaine a peut-être souhaité retrouver ici le ton de L'Écclésiaste, mais il n'aura sans doute réussi qu'à égrener sur un rythme impair sans vigueur le *taedium vitae* d'un vieux grognard de la mystique, quelque peu essoufflé.

LA RÉPÉTITION

La musique c'est aussi et surtout l'usage rythmique et harmonique de la répétition. Dans le poème «Voix de l'Orgueil», la répétition fonctionne sur un modèle qui n'est pas sans rappeler la musique baudelairienne, bien que les modalités en soient, chez Verlaine, moins hiératiques. L'anaphore des quatre premières strophes prélude à des quatrains aux répétitions qui s'entrelacent selon un jeu contrapuntique plus complexe, plus irrégulier et varié, mais ni moins suggestif ni moins puissant :

« Nous ne sommes plus ceux que vous auriez cherchés.
Mourez à nous, mourez aux humbles vœux cachés
Que nourrit la douceur de la Parole forte,
Car notre cœur n'est plus de ceux que vous cherchez !

Mourez parmi la voix que la prière emporte
Au ciel, dont elle seule ouvre et ferme la porte
Et dont il tiendra les sceaux au dernier jour,
Mourez parmi la voix que la Prière apporte,

Mourez parmi la voix terrible de l'Amour ! » (p. 70).

Ces derniers quatrains sont fortement encadrés par une *antépiphore*, reprise du début par la fin, partielle dans la première strophe citée, totale dans la seconde. Base du pathos religieux, la répétition prend parfois la forme d'une invocation ou d'une litanie, notamment lors des temps forts de la seconde partie (six reprises de « Ô mon Dieu » dans les neuf premiers vers de la seconde partie et sept anaphores subséquentes sur le modèle « Voici mon sang... », p. 76). Si le poème devient prière, sa valeur invocatoire sera d'autant plus fonction d'une musique obsessive visant à substituer la tension émotive au concept. La couleur sentimentale fait plus que se traduire par un rythme : elle devient fondamentalement rythme.

LA RIME

Dans son « Art poétique » de 1874, Verlaine plaide pour un assagissement de la rime — « elle ira jusqu'où ? » (BJP, p. 57) — et déplore l'asservissement qui en est trop souvent la rançon. Deux principes ont traditionnellement présidé à l'harmonie, celui de la rime riche ou suffisante, et celui de l'alternance de rimes masculines et féminines. Pour Verlaine, l'exigence musicale n'est pas nécessairement liée à ces conventions harmoniques ; d'où un certain appauvrissement de la rime au profit de l'assonance et de l'allitération, d'où aussi un non-respect occasionnel de la sacro-sainte alternance des rimes à voyelles sonores et muettes. La rime traditionnelle, continuée et exaltée par les Parnassiens, doit impliquer la voyelle accentuée et la consonne d'appui : « mer » et « amer » constituent une rime riche, à la différence de « mer » et « clair ».

Là comme dans le domaine rythmique, la pratique de Verlaine dans *Sagesse* revient sensiblement, mais non totalement, aux normes parnassiennes des *Poèmes saturniens*. Toutefois, d'assez nombreuses rimes pauvres, telles que Dieu/peu, bon/raison, et balcons/gonds, témoignent de la persistance d'une certaine licence. De même, quelques pièces font bon marché de l'alternance conventionnelle : soit que le poète y déplace l'alternance du plan des relations de vers à vers à celui des rapports de strophe à strophe (« la mer est plus belle » présente ainsi une succession alternée de quatre sizains à rimes intégralement féminines et de quatre autres à rimes masculines), soit qu'il opte pour une prédominance des *e* muets (dans « Toutes les amours de la terre ») ou, au contraire, des rimes masculines (« sainte Thérèse veut »). Il peut aussi n'avoir recours qu'aux seules rimes masculines (dans « La tristesse, la langueur », pièce d'une sensualité violente et peut-être évocatrice de l'expérience homosexuelle) ou féminines. Ce dernier cas est significativement réservé aux deux pièces où Verlaine s'adresse à Mathilde Mauté (I, XVI et XVII), comme si le poète souhaitait se mettre en communion harmonique avec son destinataire féminin.

ASSONANCES ET ALLITÉRATIONS

Si la rime n'est plus, chez Verlaine, aussi riche ni aussi rigoureusement alternée qu'elle pouvait l'être au début de sa carrière sous l'influence des Parnassiens, l'assonance demeure une des marques privilégiées de sa musicalité. Verlaine affectionne l'assonance intérieure au vers comme « Et que mièvre dans la fièvre du demain » (p. 97), ou « D'une aile inquiète et folle vole sur la mer » (p. 94).

L'allitération procède d'un même souci de consonance expressive : « Voici ma voix, bruit maussade et menteur », « Je ne veux plus aimer que ma mère Marie », « Et dans les longs plis de son voile », « Et toujours, maternelle endormeuse des râles ». Le souci musical réside donc moins dans une intention de rigoureuse correspondance de fin de vers à fin de vers, caractère de régularité principalement rythmique, que dans une attention aux associations impressionnistes des séries sonores. Il s'agit d'établir un climat, et non une cadence.

RHÉTORIQUE DU PROSAÏQUE

À côté de ce souci de musicalité harmonique, on doit relever l'idéal d'une « simplicité voulue », pour reprendre les termes de Claude Cuénot. Dans *Sagesse,* cet idéal relève moins du modèle de la chanson populaire que du credo chrétien et du climat de la conversion. La tendance au style « parlé » peut relever d'une familiarité dévotionnelle avec le divin (« car c'est bon pour une fois », « c'est cela »). Elle peut aussi être l'épreuve de la sincérité intérieure du pénitent. Dans ce cas, le prosaïsme de l'expression est censé renvoyer à une exigence d'authenticité. Il en est tout particulièrement ainsi dans les apostrophes intérieures. La familiarité y suggère la proximité quotidienne d'une autorité familiale, les reproches directs d'un proche : « Malheureux, toi Français, toi Chrétien, quel dommage ! » ou « tu n'es plus bon à rien de propre ». Dans cette voie du style parlé, Verlaine peut même aller jusqu'au relâchement ou à l'incorrection : « Mais sachant *qui c'est…* » ou « C'était trop excessif aussi ».

La familiarité du ton peut enfin s'associer à une stratégie de dépréciation du monde. On pense par exemple à l'expression « ce farceur de monde », on pense aussi à la maladresse voulue du « Dieu ne vous a révélé rien du tout » et du « Pleurer sur cet Adam dupe quand même ». Au total, *Sagesse* confirme et renforce le mouvement vers un prosaïsme déjà observable dans *La Bonne Chanson*; d'une certaine façon, le recueil consacre une tension maximale entre l'idéal de musicalité et les diverses manifestations rhétoriques de l'exigence de simplicité.

RHÉTORIQUE ET LEXIQUE DÉCADENTS

Paradoxalement, Verlaine demeure également marqué par une certaine préciosité toute personnelle et par la subtilité « décadente » de ses débuts poétiques. Le goût des longs adverbes parfois placés en début de vers, le goût des mots rares ou expressifs, celui des rapprochements et des images contrastés ou cocasses — parfois des synesthésies — l'imprécision volontaire de l'épithète et la fréquence des ruptures de construction, ou anacoluthes, en constituent les principales manifestations. La mise en exergue de l'adverbe correspond à une véritable subversion syntaxique : elle accentue le qualificatif secondaire aux dépens des substances et surtout des actions. La modalité prime la définition et la description. On perçoit l'effet expressif d'un tel choix dans des vers comme :

> « Déjà l'Ange gardien étend sur toi
> Joyeusement des ailes de victoire » (p. 72)

ou encore dans :

> « Toutes les amours de la terre
> Laissent au cœur du délétère
> Et de l'affreusement amer [...] » (p. 103);

Dans ce dernier passage, la force de l'expression — paradoxale, puisqu'elle désigne la faiblesse et l'échec — tient au procédé de *dérivation impropre,* par lequel l'adjectif est transformé en substantif. Le brouillage des catégories syntaxiques reflète donc le marasme intérieur.

À l'exception de certains termes théologiques, l'usage des mots rares est assez peu caractéristique de *Sagesse.* On note ici et là des mots déformés par suffixation, d'un goût plus ou moins heureux, comme dans « Il pluvine, il neigeotte », du poème XXIII de *Bonheur* (p. 218). De telles minauderies ne sont pas sans évoquer les *Déliquescences* du pseudo-Floupette ! Dans un autre registre, Verlaine ressemble parfois au pire Leconte de Lisle, dans ses accès de cuistrerie : « À Léon Valade », dans *Amour*, nous inflige un allégorisme aussi pesant que « L'Orgueil, fol hippogriffe, a refermé ses ailes » (p. 141). Un autre texte du même recueil, « Drapeau vrai », pompeux sonnet patriotique, est tout encombré de grands mots à majuscule : Devoir, Obéissance, Famille, Soldat, Espérance (p. 149). Est-ce bien le même Verlaine qui préconisait de « tordre son cou » à la vaine éloquence ?

On peut relever en revanche une audace certaine dans les images et les rapprochements lexicaux. Il s'agit souvent de souligner une ambiguïté morale ou spirituelle : « L'enfant prodigue avec des gestes de satyre » (p. 55), « Cet enfant de colère », « idyllique engourdi » *(ibid.)*. Dans ce registre, notons aussi les images animales ou phalliques du péché : « frétille un peu de pervers et d'immonde » (p. 54), « Un beau vice à tirer comme un sabre au soleil » *(ibid.)*. À l'opposé, les vertus apparaissent à travers des images à caractère cosmique (parfois suggestives de synesthésies ou de correspondances) dont l'ampleur évoque tout un ordre naturel auquel l'âme se soumet dans la patience et la joie : « De ce passé plus clair que le jeu des marées » (p. 55), « Le temps si long dans la patience si grande » (p. 59).

La marque verlainienne se manifeste au fond le plus distinctement dans ce que l'on pourrait appeler l'art de la maladresse recherchée, ou la préciosité maladroite ou familière, notamment dans des expressions telles que « En quête d'on ne peut dire quel vil néant ! » (p. 56), « D'une douleur on veut croire orpheline » (p. 96), « Aux fins d'une bonne mort » (p. 74), « J'ai l'amour d'elles ! » (p. 52). C'est, semble-t-il, dans ce maniérisme très personnel que se rencontrent la « simplicité voulue » et la rhétorique décadente.

RUPTURES SYNTAXIQUES

La dislocation de la prosodie se reflète dans la dislocation de la syntaxe. *Sagesse* révèle un goût prononcé pour la marginalisation, ou l'élimination pure et simple, du verbe («Beauté des femmes...», «Parfums, couleurs, systèmes, lois!»). Le substantif isolé traduit à l'état brut le chaos d'un passé répudié, qui peut toutefois revenir hanter la mémoire de l'«homme nouveau».

Mais c'est encore davantage par la fréquence des ruptures de construction que Verlaine élabore un art bien personnel. Au pire, les ruptures et les enchevêtrements syntaxiques ne produisent qu'une impression de complexité maladroite :

«Mais tu vas, la pensée obscure de l'image
D'un bonheur qu'il te faut immédiat, étant
Athée (avec la foule) et jaloux de l'instant,
Tout appétit parmi ces appétits féroces,
Épris de la fadaise actuelle, mots, noces
Et festins, la "Science", et l'"esprit de
  Paris" [...] » (p. 56).

Cette complication inextricable n'est pourtant pas sans vertu expressive, comme si elle reflétait la désorientation d'une vie agitée et vaine. D'ailleurs, l'expression des passions exacerbées donnait déjà lieu, dans les recueils d'avant la conversion, à des convulsions syntaxiques, comme en témoigne le tercet final d'un sonnet des *Poèmes saturniens*, «Une grande dame» :

«Il faut — pas de milieu! — l'adorer à
  genoux,
Plat, n'ayant d'astre aux cieux que ses lourds
  cheveux roux,

Ou bien lui cravacher la face, à cette femme ! » (FRP, p. 65).

La poésie, reconnaissons-le, n'y gagne guère. Au mieux, cependant, la sinuosité syntaxique du poème manifeste un art très original :

« Ô vous, comme un qui boite au loin, Chagrins et Joies,
Toi, cœur saignant d'hier qui flambes aujourd'hui,
C'est vrai pourtant que c'est fini, que tout a fui
De nos sens, aussi bien les ombres que les proies » (p. 57).

La dispersion syntagmatique de la phrase, l'incertitude sémantique qui en résulte, semblent évoquer une radicale fragmentation du sujet entre passé et présent, pluralité et singularité.

CONCLUSION

Entre rhétorique et musique, *Sagesse* se situe à un tournant de l'œuvre de Verlaine, moment privilégié et critique tout à la fois, qui consacre un infléchissement de l'œuvre dans le sens d'une rhétorique du prosaïque et du didactique, en même temps qu'il témoigne d'une revitalisation de l'inspiration par le sentiment religieux. La diversité des registres, des tons et des rythmes fait peut-être ainsi de *Sagesse* le recueil le plus intégralement représentatif de l'œuvre verlainienne. On ne saurait en dire autant d'*Amour* et de *Bonheur*, où, hormis quelques pièces remarquables, telles que le sonnet « Parsifal », la tendance didactique produit de trop nombreux et fades sermons en vers. Autre écueil, le prosaïsme mal maîtrisé entraîne Verlaine dans des impasses ; sa prose métrique et rimée n'a pas la subtile grisaille qui fait encore le charme des vers d'un François Coppée, ou même d'un Sainte-Beuve, lesquels ont su parfois créer d'improbables tonalités où l'intimisme se conjugue avec la banalité de la vie quotidienne.

Au total, Verlaine aura su produire certains des sommets de la poésie religieuse française, et sans les plus nettes réussites de *Sagesse* il manquerait à l'expression « littéraire » de l'expérience mystique cette précision presque clinique, ce paroxysme à la fois extatique et douloureux qui constituent le « naturalisme spirituel » dont rêvait J.-K. Huysmans. Certes, ce dernier, et plus encore des géants tels que

Dostoïevski et Bernanos, ont su en donner des approximations descriptives dans leurs récits souvent torturés. Mais peut-être seul un poète était-il à même, en mobilisant toutes les ressources du jeu verbal, d'explorer les paradoxes, ambiguïtés et apories de ces expériences de l'extrême, au cours desquelles le noyau dur du sujet se désintègre, pour faire place à une personnalité qui n'est «ni tout à fait la même», ni bien sûr «tout à fait une autre», car le vieil homme est coriace.

En définitive, ces meilleurs vers de nos trois recueils — du premier surtout — ont beaucoup gardé de leur vigueur première. Le jaillissement lyrique s'y déploie, comme un jet d'eau, en une fine écume d'images et d'assonances. Il n'est pas jusqu'à une certaine incohérence, une certaine impression de «fouillis», qui ne contribue au plaisir qu'on peut toujours prendre à les lire, quel que soit notre rapport au thème religieux. *Credo quia absurdum*, disait Tertullien ; avec Verlaine, on peut peut-être oser un *credo quia poeticum*.

DOSSIER

I. REPÈRES BIO-BIBLIOGRAPHIQUES

CHRONOLOGIE

On se reportera aux « Repères biographiques » de l'édition Poésie/Gallimard (p. 236-240).

GENÈSE

Sagesse est né d'un projet initial de recueil poétique intitulé *Cellulairement*, qui constituait un bilan de l'expérience carcérale de Verlaine. Interné le 11 août 1873 à la prison des Petits-Carmes, à Bruxelles, suite à son agression sur la personne de Rimbaud, Verlaine envoie à son ami Ernest Delahaye, entre mai et octobre 1875, les fragments de ce manuscrit originel. Puis, en novembre de la même année, il renonce au titre de *Cellulairement*, et forme le projet de deux recueils, qui deviendront *Sagesse*, puis *Amour*. Une première version de *Sagesse* est achevée durant l'été 1877. La version définitive paraît — à compte d'auteur — à la Société générale de librairie catholique, en novembre 1880. Une nouvelle édition, « revue et corrigée », selon les termes de Verlaine lui-même, fut publiée chez l'éditeur Léon Vannier en 1889. Par rapport à la première édition, celle-ci comportait des ajouts : « Toutes les amours de la terre » et le sonnet « Sainte Thérèse veut ». En revanche, l'auteur en avait retiré « Tournez, tournez, bons chevaux de bois », qu'il avait emprunté au recueil précédent, *Romances sans paroles*, et intégré à la première édition de *Sagesse*. La troisième version, parue en 1893 chez le même éditeur, ne diffère pas significativement de la seconde.

Ernest Delahaye publiera en 1913, soit quinze ans après la mort du poète, le manuscrit qui avait servi à l'édition originale de 1880, chez l'éditeur Messein.

Pour un bref rappel sur la genèse des recueils *Amour* et *Bonheur*, on consultera les « Notices et notes » de l'édition Poésie/Gallimard (p. 243-246).

II. TEXTES DE VERLAINE

TÉMOIGNAGE SUR LA CONVERSION

Ce texte, extrait de *Mes prisons* (1893) relate les diverses étapes de la conversion de Verlaine, intervenue durant l'été 1874 à la prison de Mons.

Je ne sais quoi ou Qui me souleva soudain, me jeta hors de mon lit, sans que je pusse prendre le temps de m'habiller et me prosterna en larmes, en sanglots, aux pieds du Crucifix et de l'image surérogatoire, évocatrice de la plus étrange mais à mes yeux de la plus sublime dévotion des temps modernes de l'Église catholique.

OPC, p. 348-350.

L'heure seule du lever, deux heures au moins peut-être après ce véritable petit (ou grand ?) miracle moral, me fit me relever, et je vaquai, selon le règlement, aux soins de mon ménage (faire mon lit, balayer ma chambre...) lorsque le gardien de jour entra qui m'adressa la phrase traditionnelle : « Tout va bien ? »

Je lui répondis aussitôt : « Dites à monsieur l'Aumônier de venir. » Celui-ci entrait dans ma cellule quelques minutes après. Je lui fis part de ma « conversion ».

C'en était une sérieusement. Je croyais, je voyais, il me semblait que je savais, j'étais illuminé. Je fusse allé au martyre pour de bon — et j'avais d'immenses repentirs évidemment proportionnés à la grandeur de l'Offensé, mais sans nul doute pour mon examen à présent, fort exagérés.

D'ailleurs on est fier souvent quand on se compare. Et je suis comme la généralité des hommes.

L'aumônier, un homme d'expérience prisonnière et pour sûr habitué à ces sortes de conversions, vraies ou fausses, mais, j'en suis convaincu, persuadé de ma sincérité, néanmoins me calma, après m'avoir félicité de la grâce reçue, puis, comme, dans mon ardeur probablement indiscrète et imprudente de néophyte hier encore littéralement tout mécréance et tout péché, je demandai, j'implorai de me confesser sur-le-champ, dans ma crainte de mourir impénitent, disais-je, il me répliqua en souriant un peu : « N'ayez crainte. Vous n'êtes déjà plus impénitent, c'est moi qui vous l'assure. Quant à l'absolution et même à la simple bénédiction, veuillez attendre encore quelques jours ; Dieu est patient et il saura bien vous faire encore un petit crédit, lui qui attend son dû depuis pas mal de temps déjà, n'est-ce pas ? Et à très, très prochainement, aujourd'hui même. »

Et le digne, très digne homme de Dieu, me laissa tranquille.

J'obtempérais à son système et me résignais, priant. Priant, à travers mes larmes, à travers les sourires comme d'enfant, de comme un criminel racheté, priant, ô, à deux genoux, à deux mains, de tout mon cœur, de toute mon âme, de toutes mes forces, selon mon catéchisme ressuscité !

Combien est-ce que je réfléchissais sur l'essence et l'évolution même de la chose qui s'opérait en moi ! Pourquoi, comment ?

Et j'avais de ces ardeurs, de ces, comme on dirait en nos odieux temps, dispositions ! Comme j'étais bon, simple, petit !

Et ignorant !

Domine, noverim te !

Quelle candeur d'enfant de chœur, quelle gentillesse de vieux — et jeune ! alors pécheur converti, d'orgueilleux s'humiliant, d'homme violent devenu un agneau !

J'abdiquai dès lors toute lecture « profane ». Shakespeare, entre autres, déjà lu et relu dans le texte à coups de dictionnaire et enfin su par cœur, pour ainsi dire. Et je me plongeai dans des de Maistre, des Auguste Nicolas plus spéciaux...

J'avais néanmoins de timides objections que l'aumônier réfutait plus ou moins bien, admirablement pour le moi de cette époque.

« Mais les animaux, après leur mort ?... Il n'en est pas question dans les livres saints.

— Mon cher ami, si les livres saints n'en parlent pas plus que des filles d'Adam, par exemple, c'est que c'était superflu. D'ailleurs, Dieu étant l'infinie bonté, n'a créé les bêtes que pour leur bien autant que pour le nôtre.

— Mais l'enfer éternel ?

— Dieu est l'infinie justice et s'il punit éternellement, c'est qu'il a ses raisons pour ça, raisons précellentes devant lesquelles notre unique droit est de nous incliner même sans les connaître. Car, en effet, les peines éternelles sont une espèce de mystère... Mais non, puisque le Dogme ne les met pas à ce rang. »

Et ainsi de suite.

Le grand jour, tant attendu, si impatiemment souhaité, de la confession, arriva enfin...

Elle fut longue, détaillée à l'infini, cette confession, ma première depuis celle du renouvellement de ma première communion. Torts sensuels, surtout, torts de colère, torts d'intempérance, nombreux aussi, ceux-ci, torts de petits mensonges, de vagues et comme inconscientes tromperies, torts sensuels, j'y insiste...

Le prêtre, de temps en temps, m'aidait dans les aveux, toujours un peu pénibles en tel cas, du néophyte bizarre que j'étais.

Entre autres questions, ne me posa-t-il pas celle-ci, d'un ton calme et point étonnant non plus qu'étonné : « Vous n'avez jamais été avec les animaux ? »

VERLAINE CRITIQUE DE *SAGESSE*

Il s'agit ici de l'article de recension de *Sagesse* publié dans *Triboulet*. On remarque que Verlaine met surtout l'accent sur la qualité de la facture prosodique et sur la

conformité idéologique de son recueil par rapport à ses nouvelles orientations.

Sagesse, par Paul Verlaine, 1 vol. chez Palmé, 76, rue des Saints-Pères. Prix : 3 francs.

Nous sommes en retard avec ce livre remarquable. La politique et ses nécessités portent préjudice à la littérature un peu partout, même chez Triboulet, qui du moins fait tout son possible pour tenir ses lecteurs au courant des plus importantes nouveautés.

Aussi bien le volume de M. Paul Verlaine a comme on dit le temps d'attendre. D'abord il est en vers, et cette forme, au-dessus des fluctuations de la mode et des caprices parfois injustes du « public qui lit tout », lui concilie la clientèle des patients, des amateurs, des lecteurs solides et fidèles. Puis le mérite considérable du livre l'assure contre l'inattention éventuelle du moment, et viendra toujours à bout de l'indifférence d'une époque peu propice aux choses élevées de l'esprit. Les indifférents, ces « opportunistes » de la littérature, passent ; les convaincus, les obstinés et les vaillants demeurent et forcent l'attention des esprits sérieusement épris d'art et de pensée. Un examen que le manque d'espace nous force à restreindre bien à regret mettra le lecteur à même de tomber d'accord avec nous sur le grand talent de M. P. Verlaine — qui d'ailleurs n'est pas un débutant, mais a déjà, il y a une douzaine d'années, publié trois volumes qui lui ont valu, parmi les Parnassiens et à la tête de l'école qui s'en est suivie, un rang considérable.

La nouvelle tentative de M. P. Verlaine confirme toutes les qualités déjà connues de l'auteur : science consommée du vers, langue d'une haute correction, parfois d'une curieuse érudition, énergies superbes et grâces exquises. Le ton du livre est des plus élevés : il s'y débat de précieuses questions psychologiques ; un coin même de vie privée s'y révèle, mais chastement recouvert d'ardente charité et des plus délicats sentiments. Trois ou quatre poèmes, sans que l'auteur

OPC, p. 630-631.

veuille se lancer dans la polémique, toujours diminuante pour un poète, témoignent de ses fières convictions catholiques et monarchiques, convictions d'autant plus fermes que M. Verlaine a profité du moment présent pour répudier un républicanisme d'ancienne date, éprouvé par les disgrâces et les proscriptions, « au temps chaud » — et des idées antichrétiennes qui lui seraient d'un si bon rapport littéraire aujourd'hui. Mais Gambetta l'a dégoûté, Paul Bert l'a écœuré, ou, pour mieux parler, Dieu lui a ouvert les yeux et il a consacré son beau talent à la louange et à la défense de la bonne cause si honteusement persécutée. Honneur à ce converti de la dernière heure, celle du courage et du patriotisme.

VERLAINE JUGE DE SON ÉVOLUTION

Dans *Pauvre Lelian* Verlaine se livre à une relecture de son évolution littéraire et religieuse. La transposition des noms et des titres (Lelian = Verlaine, *Sapientia* = Sagesse) prête à son propos un semblant de distance et d'objectivité.

Au sortir de cette mortelle période parut *Sapientia*, plus haut nommée et citée. Quatre ans auparavant, en plein ouragan, ç'avait été le tour de *Flûte et cor*, un volume dont on a parlé, depuis, beaucoup, car il contenait plusieurs parties assez nouvelles.

    La conversion de Pauvre Lelian au catholicisme, *Sapientia* qui en procédait, et l'apparition ultérieure d'un recueil un peu mélangé, *Avant-hier et hier*, où passablement de notes des moins austères alternaient avec des poèmes presque trop mystiques, firent, dans le petit monde des vraies Lettres, éclater une polémique courtoise, mais vive. Un poète n'était-il pas libre de tout faire pourvu que tout fût bel et bien fait, ou devait-il se cantonner dans un genre, sous prétexte d'unité ? Interrogé par plusieurs de ses amis sur ce

OPC., p. 688-689.

sujet, notre auteur, quelle que soit son horreur native pour ces sortes de consultations, répondit par une assez longue digression que nos lecteurs liront peut-être non sans intérêt pour sa naïveté.

Voici cette pièce :

« Il est certain que le poète doit, comme tout artiste, après l'intensité, condition héroïque indispensable, chercher l'unité. L'unité de ton (qui n'est pas la monotonie), un style reconnaissable à tel endroit de son œuvre pris indifféremment, des habitudes, des attitudes ; l'unité de pensée aussi et c'est ici qu'un débat pourrait s'engager. Au lieu d'abstractions, nous allons tout simplement prendre notre poète comme champ de dispute. Son œuvre se tranche, à partir de 1880, en deux portions bien distinctes et le prospectus de ses livres futurs indique qu'il y a chez lui parti pris de continuer ce système et de publier, sinon simultanément (d'ailleurs ceci ne dépend que de convenances éventuelles et sort de la discussion), du moins parallèlement, des ouvrages d'une absolue différence d'idées — pour bien préciser, des livres où le catholicisme déploie sa logique et ses illécébrances, ses blandices et ses terreurs, et d'autres purement mondains : sensuels avec une affligeante belle humeur et pleins de l'orgueil de la vie. Que devient dans tout ceci, dira-t-on, l'unité de pensée préconisée ?

Mais elle y est ! Elle y est au titre humain, au titre catholique, ce qui est la même chose à nos yeux. Je crois, et je pèche par pensée comme par action ; je crois, et je me repens par pensée en attendant mieux. Ou bien encore, je crois, et je suis bon chrétien en ce moment ; je crois, et je suis mauvais chrétien l'instant d'après. Le souvenir, l'espoir, l'invocation d'un péché me délectent avec ou sans remords, quelquefois sous la forme même et muni de toutes les conséquences du Péché, plus souvent, tant la chair et le sang sont forts, naturels et animals, *(sic)* tels les souvenirs, espoirs et invocations du beau premier libre penseur. Cette délectation, moi, vous, lui, écrivains, il nous plaît de la coucher sur le papier et de la publier plus ou moins bien ou mal exprimée ; nous la consignons enfin dans la forme littéraire, oubliant toutes idées religieuses ou n'en perdant pas une de vue. De bonne foi nous condamnera-t-on comme poète ? Cent fois non. Que la conscience du catholique raisonne autrement ou non, ceci ne nous regarde pas. »

Maintenant, les vers catholiques de Pauvre Lelian ouvrent-ils littérairement ses autres vers ? Cent fois oui. Le ton est le même dans les deux cas, grave et simple ici, là fioriture, languide, énervé, rieur et tout ; mais le même ton partout, comme l'HOMME mystique et sensuel reste l'homme intellectuel toujours dans les manifestations diverses d'une même pensée qui a ses hauts et ses bas. Et Pauvre Lelian se trouve très libre de faire nettement des volumes de seule oraison en même temps que des volumes de seule impression, de même que le contraire lui serait des plus permis.

L'UNITÉ D'UNE ŒUVRE

Dans sa « Critique des *Poèmes saturniens* », Verlaine s'efforce de mettre en avant les grandes constantes poétiques de son œuvre.

De très grands changements d'objectif en bien ou en mal, en mieux, je pense, plutôt, ont pu, correspondant aux événements d'une existence passablement bizarre, avoir eu lieu dans le cours de ma production. Mes idées en philosophie et en art se sont certainement modifiées, s'accentuant de préférence dans le sens du concret, jusque dans la rêverie éventuelle. J'ai dit :

> *Rien de plus cher que la chanson grise*
> *Où l'indécis au précis se joint.*

Mais il serait des plus facile à quelqu'un qui croirait que cela en valût la peine, de retracer les pentes

OPC., p. 721-723.

d'habitude devenues le lit, profond ou non, clair ou bourbeux, où s'écoulent mon style et ma manière actuels, notamment l'un peu déjà libre versification, enjambements et rejets dépendant plus généralement des deux césures avoisinantes, fréquentes allitérations, quelque chose comme de l'assonance souvent dans le corps du vers, rimes plutôt rares que riches, le mot propre évité des fois à dessein ou presque. En même temps la pensée triste et voulue telle ou crue voulue telle. En quoi j'ai changé partiellement. La sincérité, et, à ses fins, l'impression du moment suivie à la lettre sont ma règle préférée aujourd'hui. Je dis préférée, car rien d'absolu. Tout vraiment est, doit être nuancé. J'ai aussi abandonné, momentanément, je suppose, ne connaissant pas l'avenir et surtout n'en répondant pas, certains choix de sujets : les historiques et les héroïques par exemple. Et par conséquent le ton épique ou didactique pris forcément à Victor Hugo, un Homère de seconde main après tout, et plus directement encore à M. Leconte de Lisle qui ne saurait prétendre à la fraîcheur de source d'un Orphée ou d'un Hésiode, n'est-il pas vrai ? Quelles que fussent, pour demeurer toujours telles, mon admiration du premier et mon estime (esthétique) de l'autre, il ne m'a bientôt plus convenu de faire du Victor Hugo ou du M. Leconte de Lisle, aussi bien peut-être et mieux (ça s'est vu chez d'autres ou du moins il s'est dit que ça s'y est vu) et j'ajoute que pour cela il m'eût fallu, comme à d'autres, l'éternelle jeunesse de certains Parnassiens qui ne peut reproduire que ce qu'elle a lu et dans la forme où elle l'a lu.

Ce n'est pas du moins que je répudie les Parnassiens, bons camarades quasiment tous et poètes incontestables pour la plupart, au nombre de qui je m'honore d'avoir compté pour quelque peu. Toutefois je m'honore non moins, sinon plus, d'avoir, avec mon ami Stéphane Mallarmé et notre grand Villiers, particulièrement plu à la nouvelle génération et à celle qui s'élève : précieuse récompense, aussi, d'efforts en vérité bien désintéressés.

Mais plus on me lira, plus on se convaincra qu'une sorte d'unité relie mes choses premières à celles de mon âge mûr : par exemple les *Paysages tristes* ne sont-ils pas en quelque sorte l'œuf de toute une volée de vers chanteurs, vagues ensemble et définis, dont je suis peut-être le premier en date oiselier ? On l'a imprimé du moins. Une certaine lourdeur, poids et mesure, qu'on retrouvera dans mon volume en train, *Bonheur*, ne vous arrête-t-elle pas, sans trop vous choquer, j'espère, dès les très jeunes « prologue » et « épilogue » du livre qu'on vous offre à nouveau ce jourd'huy ? Plusieurs de mes poèmes postérieurs sont frappés à ce coin qui, s'il n'est pas le bon, du moins me semble idoine en ces lieux et places. L'alexandrin a ceci de merveilleux qu'il peut être très solide, à preuve Corneille, ou très fluide avec ou sans mollesse, témoin Racine. C'est pourquoi, sentant ma faiblesse et tout l'imparfait de mon art, j'ai réservé pour les occasions harmoniques ou mélodiques ou analogues, ou pour telles ratiocinations compliquées des rythmes inusités, impairs pour la plupart, où la fantaisie fût mieux à l'aise, n'osant employer le mètre sacro-saint qu'aux limpides spéculations, qu'aux énonciations claires, qu'à l'exposition rationnelle des objets, invectives ou paysages.

Plusieurs parmi les très aimables poètes nouveaux qui m'accordent quelque attention regrettent que j'aie aussi renoncé à des sujets « gracieux », comédie italienne et bergerades contournées, oubliant que je n'ai plus vingt ans et que je ne jouis pas, moi, de l'éternelle jeunesse dont je parlais plus haut, sans trop de jalousie pourtant. La chute des cheveux, et celle de certaines illusions, même si sceptiques, défigurent bien une tête qui a vécu — et intellectuellement aussi, parfois même, la dénatureraient. L'amour physique, par exemple, mais c'est d'ordinaire tout pomponné, tout frais, satin et rubans et mandoline, rose au chapeau, des moutons pour un peu, qu'il apparaît au « printemps de la vie. » Plus tard, on revient des femmes, et vivent alors, quand pas la Femme, épouse ou maîtresse, *rara avis !* les nues filles, pures et simples, brutales et vicieuses, bonnes ou mauvaises, plus volontiers bonnes. Et puis, il va si loin parfois, l'amour physique, dans nos têtes d'âge mûr, quand nos âges mûrs ne sont pas résignés, y ayant ou non des raisons.

Mais quoi donc ! l'âge mûr a, peut avoir ses revanches et l'art aussi, sur les enfantillages de la jeunesse, ses nobles revanches, traiter des objets plus et mieux en rapport, religion, patrie, et la science, et soi-même considéré sous toutes formes, ce que j'appellerai de l'élégie sérieuse, en haine de ce mot, psychologie. Je m'y suis efforcé quant à moi et j'aurai laissé mon œuvre personnelle en quatre parties bien définies, *Sagesse, Amour, Parallèlement* — et *Bonheur*, qui est sous presse, ou tout comme.

Et je vais repartir pour des travaux plus en dehors, roman, théâtre, ou l'histoire et la théologie, sans oublier les vers. Je suis à la fourche, j'hésite encore.

Et maintenant je puis, je dois peut-être, puisque c'est une responsabilité que j'assume en assumant de réimprimer mes premiers vers, m'expliquer très court, tout doucement, sur des matières toutes de métier avec de jeunes confrères qui ne seraient pas loin de me reprocher un certain illogisme, une certaine timidité dans la conquête du « Vers Libre », qu'ils ont, croient-ils, poussée, eux, jusqu'à la dernière limite.

En un mot comme en cent, j'aurais le tort de garder un mètre, et dans ce mètre quelque césure encore, et au bout de mes vers des rimes. Mon Dieu, j'ai cru avoir assez brisé le vers, l'avoir assez affranchi, si vous préférez, en déplaçant la césure le plus possible, et quant à la rime, m'en être servi avec quelque judiciaire pourtant, en ne m'astreignant pas trop, soit à de pures assonances, soit à des formes de l'écho indiscrètement excessives.

Puis, car n'allez pas prendre au pied de la lettre mon « art poétique » de *Jadis et Naguère*, qui n'est qu'une chanson, après tout — JE N'AURAI PAS FAIT DE THÉORIE.

C'est peut-être naïf, ce que je dis là, mais la naïveté me paraît être un des plus chers attributs du poète, dont il doit se prévaloir à défaut d'autres.

Et jusqu'à nouvel ordre je m'en tiendrai là. Libre à d'autres d'essayer plus. Je les vois faire et, s'il faut, j'applaudirai.

Voici toujours, avec deux ou trois corrections de pure nécessité, les *Poèmes saturniens* de 1867 que je ne regrette pas trop d'avoir écrit alors. À très prochainement *La Bonne Chanson* (1870) et c'en sera fini de la réimpression de mes *juvenilia*.

Paris, janvier 1890

DERNIÈRE LETTRE DE VERLAINE À RIMBAUD

Il nous a paru intéressant d'inclure le texte de cette lettre, datée du 12 décembre 1875, dans laquelle Verlaine réitère ses choix religieux et en appelle une dernière fois à l'« intelligence » de son ami.

Mon Cher Ami,

Je ne t'ai pas écrit, contrairement à ma promesse (si j'ai bonne mémoire) parce que j'attendais, je te l'avouerai, lettre de toi, enfin satisfaisante. Rien reçu, rien répondu. Aujourd'hui, je romps ce long silence pour te confirmer tout ce que je t'écrivais, il y a environ deux mois.

Le même toujours. Religieux, strictement, parce que c'est la seule chose intelligente et bonne. Tout le reste est duperie, méchanceté, sottise. L'Église a fait la civilisation moderne, la science, la littérature ; elle a fait la France particulièrement, et la France meurt d'avoir rompu avec elle. C'est assez clair. Et l'Église aussi fait les hommes, elle les crée : je m'étonne que tu ne voies pas cela, c'est frappant. J'ai eu le temps, en dix-huit mois, d'y penser, et d'y repenser, et je t'assure que j'y tiens comme à la seule planche.

Et sept mois passés chez des protestants m'ont

In L. Morice, *Verlaine, le drame religieux*, Beauchesne, 1946, p. 289-290. Droits Réservés.

confirmé dans mon catholicisme, dans mon légitimisme, dans mon courage.

Résigné par l'excellente raison que je me sens, que je me vois puni, humilié justement et que plus sévère est la leçon, plus grande est la grâce, et l'obligation d'y répondre.

Il est impossible que tu puisses témoigner que c'est de ma part pose ou prétexte. Et quant à ce que tu m'écrivais — je ne me rappelle plus bien les termes : modification du même individu sensitif, rubbish, potarada, blague et fatras digne de Pelletan et autre sous-Vacquerie !

Donc, le même toujours, la même affection (modifiée) pour toi. Je te voudrais tout éclairé, réfléchissant. Ce m'est un si grand chagrin de te voir en des voies idiotes, toi si intelligent, si prêt (bien que ça puisse t'étonner) ! J'en appelle à ton dégoût lui-même de tout et de tous, à ta perpétuelle colère contre chaque chose — juste au fond, cette colère, bien qu'inconsciente du POURQUOI.

CRITIQUE DU VOYAGE EN TRAIN

Les *Mémoires d'un veuf* (1886) présentent un texte consacré au voyage en chemin de fer (« Notes de nuit jetées en chemin de fer »). On y retrouve la méfiance verlainienne vis-à-vis du voyage — qu'il a tant pratiqué en compagnie de Rimbaud — et la nostalgie un brin passéiste de l'ère prémoderne. Notons aussi l'allusion à Jud, « l'assassin des chemins de fer », dont le nom, à l'époque, suscitait une terreur quasi superstitieuse.

C'est décidément bête comme tout, ce mode de voyager, mais il a aussi son espèce de pittoresque qu'il s'agit de dégager en dépit des souvenirs si amusants des diligences de nos enfances, avec leur imprévu qui valait mieux que le prévu du chemin de fer, paysages gâtés par la vitesse, l'impossibilité de lire, l'horreur

In E. Delahaye, *Documents relatifs à Paul Verlaine*, Messein, 1919, p. 61-64.

puante des tunnels et le froid qui règne naturellement entre voyageurs d'un instant — sans compter le prévu d'accidents abominables dont n'eussent jamais osé rêver nos grands-pères, et cette peur !

La peur non seulement de la mort affreuse ou des navrantes blessures, mais la peur de la commotion morale, la peur de la peur, de la folie, de l'idiotisme. Au moins les accidents de voiture sont en quelque sorte humains, mais ceux-ci ! Quelque chose de démoniaque et d'absurde où ni l'adresse, ni le sang-froid, ni le courage ne peuvent rien de rien.

Tout a été dit sur les diligences, excepté, peut-être, le charme des relais, le triomphe des entrées en ville, le clairon fanfaron, le chien loulou qui jappait du haut de l'impériale, et les longs et les bons dîners à l'auberge. N'importe, n'en parlons plus, puisque c'en est fait de ces impressions dernières de mes onze ans, comme de la guerre de Crimée qui avait lieu alors, comme de tant de choses de ces temps et de moi-même.

Tout à présent, monsieur Moi — ce qui ne veut pas dire tout à la joie, ni monsieur l'Heureux ! — tout au train, à ses secousses, à son obscurité rendue pire par la triste lampe à huile — ou fût-elle à gaz — tout à mon crayon qui tremblote sur le blanc vague de mon carnet !

C'est peut-être Jud qui « dort » là-bas dans l'autre coin, préméditant de me voler les quatre sous qui pleurent dans mon porte-monnaie jadis plus cossu — puis de jeter mon cadavre percé de balles ou lardé de coups de couteau par la portière et dans la nuit vertigineuse — ou plutôt gageons qu'il se livre sur mon compte aux mêmes suppositions calomnieuses, en ce qui me concerne du moins. Il n'en est pas moins sincère et pourrait avoir raison.

Quel bruit de fer qui grince, de bois qui gémit, de vapeur qui s'enrhume ! Mais après tout, cela vaut peut-être mieux qu'une conversation par trop sotte, en supposant qu'il y eût quelque velléité de parler entre mon compagnon et moi.

On va si vite et c'est si désagréable qu'on a l'air de fuir, non confortablement, à la diable, va comme je te pousse, comme des assassins ou des voleurs, et, mon Dieu, cela flatte la chose mauvaise et vicieuse qui est en nous.

Ô les grandes routes du Moyen Âge pleines de potences et de chapelles !

LA POLITIQUE VERLAINIENNE

***Sagesse* témoigne d'un virage politique en direction d'un conservatisme catholique. Les principes en sont ébauchés dans le texte qui suit.**

CONTRAINTE ET LIBERTÉ

« Quelle est la meilleure condition du bien social, une organisation spontanée et libre ou bien une organisation disciplinée et méthodique ? Vers laquelle de ces conceptions doivent aller les préférences de l'artiste ? »

Réponse de Verlaine (Paul) : L'organisation disciplinée et méthodique en attendant que l'autre soit possible, ce qui me paraît un rêve. Je suis en fait de politique générale de l'avis de Joseph de Maistre, le rêve de Bakounine n'étant pas encore réalisable. »

OPC., p. 1135-1137.

III. VERLAINE VU PAR SES CONTEMPORAINS

JULES HURET

Dans son *Enquête sur l'évolution littéraire* (1891), Jules Huret présente une image devenue depuis lors familière : celle du poète bourru et blagueur, ainsi que de ses prises de position esthétiques.

La figure de l'auteur de *Sagesse* est archiconnue dans le monde littéraire et dans les différents milieux du quartier Latin. Sa tête de mauvais ange vieilli, à la barbe inculte et clairsemée, au nez brusque ; ses sourcils touffus et hérissés comme des barbes d'épi couvrant un regard vert et profond ; son crâne énorme et oblong entièrement dénudé, tourmenté de bosses énigmatiques, élisent en cette physionomie l'apparente et bizarre contradiction d'un ascétisme têtu et d'appétits cyclopéens. Sa biographie serait un long drame douloureux ; sa vie un mélange inouï de scepticisme aigu et d'« écarts de chair » qui se résolvent en intermittents sadismes, en remords pénitents et en chutes profondes dans les griseries de l'oubli factice.

Malgré tout, Paul Verlaine n'est pas devenu méchant ; ses accès de noire misanthropie, ses silences sauvages s'évanouissent vite au moindre rayon de soleil — quel qu'il soit. Il a cette admirable résignation qui lui fait déclarer avec un accent de douceur à peine absinthée : « Je n'ai plus qu'une mère, c'est l'Assistance publique. » J'ai dit l'autre jour l'influence que M. Stéphane Mallarmé lui reconnaît dans le mouvement poétique contemporain ; on verra ce qu'en pensent les jeunes qui le suivent. En attendant, voici comment il parle, lui, d'eux.

Je l'ai rencontré à son café habituel, le François-

In J. Huret, *Enquête sur l'évolution littéraire*, Messein, 1913, p. 65-70.

Premier, boulevard Saint-Michel. Il avait fait, dans la journée, des courses pour récupérer des ors, comme il dit ; et sous son ample macfarlane à carreaux noirs et gris, rutilait une superbe cravate de soie jaune d'or, soigneusement nouée et fichée sur un col blanc et droit. Verlaine, chacun le sait, n'est pas très causeur ; c'est l'artiste de pur instinct qui sort ses opinions par boutades drues, en images concises, quelquefois d'une brutalité voulue, mais toujours tempérées par un éclair de bonté franche et de charmante bonhomie.

Aussi est-il très difficile de lui arracher, sur les théories d'art, des opinions rigoureusement déduites. Le mieux que j'aie à faire c'est de raconter de notre longue conversation ce qui a spécialement trait à mon enquête.

Comme je lui demandais une définition du symbolisme, il me dit : « Vous savez, moi, j'ai du bon sens ; je n'ai peut-être que cela, mais j'en ai. Le symbolisme ?... comprends pas... Ça doit être un mot allemand... hein ? Qu'est-ce que ça peut bien vouloir dire ? Moi, d'ailleurs, je m'en fiche. Quand je souffre, quand je jouis ou quand je pleure, je sais bien que ça n'est pas du symbole. Voyez-vous, toutes ces distinctions-là, c'est de l'allemandisme. Qu'est-ce que ça peut faire à un poète ce que Kant, Schopenhauer, Hegel et autres Boches pensent des sentiments humains ! Moi je suis Français, vous m'entendez bien, un chauvin de Français — avant tout. Je ne vois rien dans mon instinct qui me force à chercher le pourquoi du pourquoi de mes larmes ; quand je suis malheureux, j'écris des vers tristes, c'est tout, sans autre règle que l'instinct que je crois avoir de la belle écriture, comme ils disent ! »

Sa figure s'assombrit, sa parole devint lente et grave.

« N'empêche, continua-t-il, qu'on doit voir tout de même sous mes vers le... gulf-stream de mon existence, où il y a des courants d'eau glacée et des courants d'eau bouillante, des débris, oui, des sables, bien sûr, des fleurs, peut-être... »

À chaque instant, dans les conversations de Verlaine, on est surpris et ravi par ces antithèses imprévues de brutalité et de grâce, d'ironie gaie et d'indignation farouche. Mais, je le répète, il est impossible de suivre rigoureusement la marche d'un entretien avec lui. Ce jour-là, il s'écartait à chaque instant du sujet, et, comme je m'efforçais par toutes sortes de biais à le ramener au symbolisme, il s'emporta plusieurs fois, et frappant de grands coups de poing sur la table de marbre dont son absinthe et mon vermouth tremblaient, il s'écria :

« Ils m'embêtent, à la fin, les cymbalistes ! eux et leurs manifestations ridicules ! Quand on veut vraiment faire de la révolution en art, est-ce que c'est comme ça qu'on procède ! En 1830, on s'emballait et on partait à la bataille avec un seul drapeau où il y avait écrit *Hernani* ! Aujourd'hui c'est des assauts de pieds plats qui ont chacun leur bannière où il y a écrit RÉCLAME ! Et ils l'ont eue leur réclame, une réclame digne de Richebourg... Des banquets... je vous demande un peu... »

Il haussa les épaules, et parut se calmer, comme après un grand effort. Il y eut un instant de silence. Puis il reprit :

« N'est-ce pas ridicule tout cela, après tout ! Le ridicule a des bornes, pourtant, comme toutes les bonnes choses... »

Par bribes, il continua, la pipe constamment éteinte et rallumée :

« La Renaissance ! Remonter à la Renaissance ! Et cela s'appelle renouer la tradition ! En passant pardessus le XVIIe et le XVIIIe siècle ! Quelle folie ! Et Racine, et Corneille, ça n'est donc pas des poètes français, ceux-là ! Et La Fontaine, l'auteur du vers libre, et Chénier ! ils ne comptent pas non plus ! Non, c'est idiot, ma parole, idiot. »

Toujours il haussait ses épaules, ses lèvres avaient une moue dédaigneuse, son sourcil se fronçait. Il dit encore :

« Où sont-elles, les nouveautés ? Est-ce que Arthur Rimbaud — et je ne l'en félicite pas — n'a pas fait tout cela avant eux ? [...] Moi aussi, parbleu, je me suis amusé à faire des blagues, dans le temps ! Mais enfin, je n'ai pas la prétention de les imposer en Évangile ! Certes, je ne regrette pas mes vers de quatorze pieds ; j'ai élargi la discipline du vers, et cela est bon ; mais je ne l'ai pas supprimée ! Pour qu'il y ait vers, il faut qu'il y ait rythme. À présent, on fait des vers à mille pattes ! Ça n'est plus des vers, c'est de la prose, quelquefois même ce n'est que du charabia... Et surtout ça n'est pas français, non, ça n'est pas français ! On appelle ça des vers rythmiques ! Mais nous ne sommes ni des Latins, ni des Grecs, nous autres ! Nous sommes Français, sacré nom de Dieu !

— Mais... Ronsard ?... hasardai-je.

— Je m'en fous de Ronsard ! Il y a eu, avant lui, un nommé François Villon qui lui dame crânement le pion ! Ronsard ! Pfiff ! Encore un qui a traduit le français en moldo-valaque !

— Les jeunes, pourtant, ne se réclament-ils pas de vous ? dis-je.

— Qu'on prouve que je suis pour quelque chose dans cette paternité-là ! Qu'on lise mes vers ! »

Sur un ton comique, il ajouta :

« 19, quai Saint-Michel, 3 francs ! »

Puis :

« J'ai eu des élèves, oui ; mais je les considère comme des élèves révoltés : Moréas, au fond, en est un.

— Ah ! fis-je.

— Mais oui ! Je suis un oiseau, moi (comme Zola est un bœuf, d'ailleurs), et il y a des mauvaises langues qui prétendent que j'ai fait école de serins. C'est faux. Les symbolistes aussi sont des oiseaux, sauf restrictions. Moréas aussi en est un, mais non... lui, ce serait plutôt un paon... Et puis il est resté enfant, un enfant de dix-huit ans. Moi aussi je suis gosse... (ici, Verlaine prend sa posture coutumière : il redresse la tête, avance les lèvres, fixe son regard droit devant lui, étend le bras)... mais un gosse français, crénom de Dieu ! en outre ! »

Et aussitôt il se mit à rire d'un rire bonhomme, vraiment gai, contagieux, qui me prit à mon tour.

« Comment se fait-il que vous ayez accepté l'épithète de décadent, et que signifiait-elle pour vous ?

— C'est bien simple. On nous l'avait jetée comme une insulte, cette épithète ; je l'ai ramassée comme cri de guerre ; mais elle ne signifiait rien de spécial, que je sache. Décadent ! Est-ce que le crépuscule d'un beau jour ne vaut pas toutes les aurores ! Et puis, le soleil qui a l'air de se coucher, ne se lèvera-t-il pas demain ? Décadent, au fond, ne voulait rien dire du tout. Je vous le répète, c'était plutôt un cri et un drapeau sans rien autour. Pour se battre, y a-t-il besoin de phrases ? Les trois couleurs devant l'aigle noir, ça suffit, on se bat !...

— On reproche aux symbolistes d'être obscurs... Est-ce votre avis ?

— Oh ! je ne comprends pas tout, loin de là ! D'ailleurs, ils le disent eux-mêmes : " Nous sommes des poètes abscons." Mais pourquoi abscons tout court ? Si encore ils ajoutaient : " comme la lune ! ", en outre ! »

De nouveau, il éclata de rire, et je fus bien forcé de l'imiter.

À ce moment, il me sembla que la partie sérieuse de notre entretien prenait fin... Je me rappelai une réflexion que m'avait faite M. Anatole France, et je dis encore à Verlaine :

« Est-il vrai que vous soyez jaloux de Moréas ? »

Il redressa le buste, improvisa un long geste du bras droit, se mouilla les doigts, se frisa rythmiquement la moustache et dit en appuyant :

« Voui ! ! ! »

ÉMILE VERHAEREN

Le poète belge Verhaeren perçoit chez Verlaine le type du poète « naturel » et le représentant par excellence d'une poésie de la transparence sentimentale.

Or, quelle était la nature de Verlaine ? Celle d'un enfant, qui rit, qui pleure, et qui se console, et qui, parce qu'il se sent invinciblement poète, ne peut s'empêcher de se dire en des livres. Ses joies et ses douleurs lui semblent ce qu'il y a de plus intéressant au monde, et il croit que le monde entier s'y intéresse, parce qu'il est essentiellement humain de pleurer ou d'être consolé.

Seulement, sa joie et sa douleur à lui sont très spéciales. Il est resté naïf, tendre, doux, il est en opposition avec les sentiments des autres ; son temps d'égoïsme, d'astuce, de calcul, de tendresse artificielle et subtile, le heurte et le foule ; il est venu « triste orphelin », riche de ses seuls yeux tranquilles, vers les hommes des grandes villes qui ne l'ont pas trouvé « malin ».

Il a aimé une femme « qui n'eut pas toute patience ». Il vague dans l'existence, faisant le mal, faisant le bien, au hasard du moment, se demandant « s'il est né, ou trop tôt, ou trop tard », malheureux des autres, mécontent de lui, n'ayant qu'un toujours même et fixe orgueil : écrire ! C'est l'unité vers laquelle montent ses désirs.

Puis un jour, toujours comme un enfant, après bien des malheurs et des traverses, ne sachant plus où trouver appui, il se souvient de la force que fut jadis pour sa faiblesse la confession. Et, dès ce moment, il se convertit, se tourne vers le Christ, le sert et le célèbre et devient le croyant qui a écrit *Sagesse*.

Cet homme qui pense et agit ainsi fera nécessairement un art simple, un art ingénu, un art doux, un art naïf, c'est-à-dire un art contraire à celui du Parnasse. On se représente volontiers un poète savant et philosophique, comme Leconte de Lisle, taillant et fourbis-

In É. Verhaeren, *Paul Verlaine*, Le Centaure, 1928, p. 36-42.

sant ses vers en un cabinet de travail, en face d'une bibliothèque dont il consulte les livres : Bibles, Corans, Mahabharatas, Zend-Avesta, lexiques, dictionnaires encyclopédiques, analogiques et autres. On se figure José Maria de Heredia entouré de volumes historiques, d'anthologies latines et grecques, de mémoires espagnols sur les conquêtes des Pizarres et des Cortés et ciselant des sonnets patiemment et bellement.

Mais Verlaine ? Ah ! celui-là est bien trop pris de la vie, bien trop baigné de larmes ardentes et claires, bien trop lui-même pour refroidir son art en de tels travaux. Un rhéteur, lui ? Un émailleur et un statuaire, lui ? Mais ne sentez-vous pas que cette aimable fleur de tendresse, d'humilité, de bonté et de fragilité qu'est l'âme de Verlaine se serait immédiatement ternie et même éteinte sous la poussière remuée de tous les vieux infolio ? L'art compassé, mesuré, régulier et presque toujours frigide des Parnassiens, leur programme de perfection extérieure, leur science, leur habileté, leur violente dextérité, devaient lui être antipathiques, ou tout au moins inutiles. Autant ils peinaient sur leurs vers, autant, lui, les faisait-il naturellement, sans presque le savoir. Il avait spontanément ce don, qu'eux acquéraient laborieusement et qu'ils croyaient être l'objet de l'étude, alors qu'il n'est que l'exaltation rythmique des impressions, des idées et des sentiments. Sa forme à lui sera nécessairement souple, aisée, ductile, émue. Elle sera variée à l'infini, ne s'adaptera pas à l'idée, elle ne lui servira point de moule, elle sera plus que cela : elle sera cette idée même en son envolée et son primesaut. »

REMY DE GOURMONT

Dans *Le Livre des masques* Remy de Gourmont met l'accent sur le caractère original et idiosyncratique du génie verlainien tout en relevant à quel point la qualité de

sa poésie peut être tributaire des hauts et des bas de l'inspiration.

Verlaine est une nature, et tel, indéfinissable. Comme sa vie, les rythmes qu'il aime sont des lignes brisées ou enroulées ; il acheva de désarticuler le vers romantique et, l'ayant rendu informe, l'ayant troué et décousu pour y vouloir faire entrer trop de choses, toutes les effervescences qui sortaient de son crâne fou, il fut, sans le vouloir, un des instigateurs du vers libre. Le vers verlainien à rejets, à incidences, à parenthèses, devait naturellement devenir le vers libre ; en devenant « libre » il ne fait que régulariser un état.

Sans talent et sans conscience, nul ne représentant sans doute aussi divinement que Verlaine le génie pur et simple de l'animal humain sous ses deux formes humaines : le don du verbe et le don des larmes.

Quand le don du verbe l'abandonne, et qu'en même temps le don des larmes lui est enlevé, il devient ou l'iambiste tapageur et grossier d'*Invectives* ou l'humble et gauche élégiaque de *Chansons pour Elle*. Poète, par ses dons mêmes, voué à ne dire heureusement que l'amour, tous les amours, et d'abord celui dont les lèvres ne s'inclinent qu'en rêve sur les étoiles de la robe purificatrice, celui qui fit *Les Amies* fit des cantiques de mois de Marie : et du même cœur, de la même main, du même génie, mais qui les chantera, ô hypocrites ! sinon ces mêmes Amies, ce jour-là blanches et voilées de blanc ?

Avouer ses péchés d'action ou de rêve n'est pas un péché ; nulle confession publique ne peut scandaliser un homme car tous les hommes sont pareils et pareillement tentés ; nul ne commet un crime dont son frère ne soit capable. C'est pourquoi les journaux pieux ou d'académie assumèrent en vain la honte d'avoir injurié Verlaine, encore sous les fleurs ; le coup de pied du sacristain et celui du cuistre se brisèrent sur un socle déjà de granit, pendant que dans sa barbe de marbre,

In R. de Gourmont, *Le Livre des masques*, Mercure de France, 1921, p. 252-253.

Verlaine souriait à l'infini, l'air d'un Faune qui écoute sonner les cloches.

JORIS-KARL HUYSMANS

Verlaine est un des poètes favoris de Des Esseintes, le héros décadent d'*À rebours*.

L'un d'eux, Paul Verlaine, avait jadis débuté par un volume de vers, les *Poèmes saturniens*, un volume presque débile, où se coudoyaient des pastiches de Leconte de Lisle et des exercices de rhétorique romantique, mais où filtrait déjà, au travers de certaines pièces, telles que le sonnet intitulé « Rêve familier », la réelle personnalité du poète.

À chercher ses antécédents, des Esseintes retrouvait sous les incertitudes exquises, un talent déjà profondément imbibé de Baudelaire, dont l'influence s'était plus tard mieux accentuée sans que néanmoins la sportule consentie par l'indéfectible maître, fût flagrante.

Puis, d'aucuns de ses livres, *La Bonne Chanson*, les *Fêtes galantes*, *Romances sans paroles*, enfin son dernier volume, *Sagesse*, renfermaient des poèmes où l'écrivain original se révélait, tranchant sur la multitude de ses confrères.

Muni de rimes obtenues par des temps de verbes, quelquefois même par de longs adverbes précédés d'un monosyllabe d'où ils tombaient comme du rebord d'une pierre, en une cascade pesante d'eau, son vers, coupé par d'invraisemblables césures, devenait souvent singulièrement abstrus, avec ses ellipses audacieuses et ses étranges incorrections qui n'étaient point cependant sans grâce.

Maniant mieux que pas un la métrique, il avait tenté de rajeunir les poèmes à forme fixe ; le sonnet qu'il retournait, la queue en l'air, de même que certains poissons japonais en terre polychrome qui reposent

In J.-K. Huysmans, *À rebours*, Gallimard, Folio, 1977, p. 314-316.

sur leur socle, les ouïes en bas ; ou bien il le dépravait, en n'accouplant que des rimes masculines pour lesquelles il semblait éprouver une affection ; il avait également et souvent usé d'une forme bizarre, d'une strophe de trois vers dont le médian restait privé de rime, et d'un tercet, monorime, suivi d'un unique vers, jeté en guise de refrain et se faisant écho avec lui-même tels que les *streets* : « Dansons la Gigue » ; il avait employé d'autres rythmes encore où le timbre presque effacé ne s'entendait plus que dans des strophes lointaines, comme un son éteint de cloche.

Mais sa personnalité résidait surtout en ceci : qu'il avait pu exprimer de vagues et délicieuses confidences, à mi-voix, au crépuscule. Seul, il avait pu laisser deviner certains au-delà troublants d'âme, des chuchotements si bas de pensées, des aveux si murmurés, si interrompus, que l'oreille qui les percevait, demeurait hésitante, coulant à l'âme des langueurs avivées par le mystère de ce souffle plus deviné que senti. Tout l'accent de Verlaine était dans ces adorables vers des *Fêtes galantes* :

Le soir tombait, un soir équivoque d'automne :
Les belles se pendant rêveuses à nos bras,
Dirent alors des mots si spécieux, tout bas,
Que notre âme depuis ce temps tremble et s'étonne.

Ce n'était plus l'horizon immense ouvert par les inoubliables portes de Baudelaire, c'était, sous un clair de lune, une fente entrebâillée sur un champ plus restreint et plus intime, en somme particulier à l'auteur qui avait, du reste, en ces vers dont des Esseintes était friand, formulé son système poétique :

Car nous voulons la nuance encore,
Pas la couleur, rien que la nuance
[...]
Et tout le reste est littérature.

Volontiers, des Esseintes l'avait accompagné dans ses œuvres les plus diverses. Après ses *Romances sans paroles* parues dans l'imprimerie d'un journal à Sens, Verlaine s'était assez longuement tu, puis en des vers charmants où passait l'accent doux et transi de Villon, il avait reparu, chantant la Vierge, « loin de nos jours d'esprit charnel et de chair triste ». Des Esseintes relisait souvent ce livre de *Sagesse* et se suggérait devant ses poèmes des rêveries clandestines, des fictions d'un amour occulte pour une Madone byzantine qui se muait, à un certain moment, en une Cydalise égarée dans notre siècle, et si mystérieuse et si troublante, qu'on ne pouvait savoir si elle aspirait à des dépravations tellement monstrueuses qu'elles deviendraient, aussitôt accomplies, irrésistibles ; ou bien, si elle s'élançait, elle-même, dans le rêve, dans un rêve immaculé, où l'adoration de l'âme flotterait autour d'elle, à l'état continuellement inavoué, continuellement pur.

IV. CHOIX DE TEXTES BIOGRAPHIQUES

ALAIN BUISINE

Pour Alain Buisine, la conversion de Verlaine doit être placée sous le signe d'une recherche de la Loi protectrice, constante de la personnalité de Verlaine.

Rien ne m'autorise à douter *a priori* de la sincérité du poète, de l'authenticité de sa conversion. Évidemment, quand il écrit *Mes prisons*, Verlaine la réécrit déjà sur un ton légèrement persifleur et moqueur : l'ancien converti est devenu quelque peu cabotin. De fait dans son récit il lui donne une soudaineté, une radicalité qui peuvent autoriser tous les doutes, en particulier ceux de Lepelletier qui jamais ne croira à ce retour au catholicisme : « On voit, par la façon même dont Verlaine en rend compte, qu'elle eut quelque chose de factice dans sa soudaineté. » Edmond va d'ailleurs multiplier les explications pour dénoncer l'authenticité d'une telle conversion, en particulier la radicale rupture avec les habitudes d'alcoolique : « C'est que le régime pénitentiaire changeait singulièrement ses habitudes, ses façons de vivre et d'agir. Prisonnier, il devenait forcément sobre. D'où répercussion physique et morale : l'abstinence modifia son état cérébral. Son excitation à peu près permanente diminuait avec la diète. L'alimentation mesurée, peu échauffante, et l'eau rougie apaisaient ses nervosités habituelles. Il reprenait peu à peu possession de lui-même. Il se dégrisait mentalement. » Quand plus tard Clarétie racontera à son tour la conversion de Verlaine, l'extrême simplisme de son récit ne constitue après tout que la conséquence du récit verlainien : « Comme Pascal, il eut sa nuit. Il était en prison. Il avait appris dans la journée qu'un juge-

In A. Buisine, *Paul Verlaine*, Tallandier, 1995, p. 280.

ment cassait son ménage. Il eut une affreuse sensation de vide, d'abandon, d'exil. Il souffrit, et la souffrance est la grande pourvoyeuse des religions. Le malheur — le " Chevalier masqué " — lui broya le cœur et lui en refit un autre. Il lut le catéchisme tout le jour. La nuit il eut sa crise [...]. Il se releva chrétien, mystique, extatique, fervent, dévot. » Par contre Ernest Delahaye, toujours si confiant et si sympathique, s'enthousiasme. Quant à Claudel, bien sûr il ne se sent plus d'aise, il exulte. En fait la conversion religieuse, qu'a déjà précédée la conversion poétique, n'est pas un accident inattendu : elle ne représente en l'occurrence qu'une des formes possibles du désir de la Loi qui submerge toujours Verlaine après ses « fautes ». Il cherche refuge et protection, il n'a d'autre désir que de se démettre et s'en remettre à la Loi d'autrui, à la loi suprême, à la Loi divine.

GUY GOFFETTE

Guy Goffette propose une lecture poétique de l'existence mouvementée de Verlaine.

Le 24 avril 1874, la vierge Mathilde est arrachée des bras du Pauvre Lelian, par décision de justice. Il ne reste plus à Verlaine qu'à monter sur la croix et à embrasser le Christ. Les huit volumes du catéchisme de Mgr Gaume lui servent de marchepied. Quand il en redescend, il est doux comme la pluie, et les poèmes ruissellent de lui comme d'une fontaine d'eau bénite.

La nuit peut tomber, molle et lugubre, il ne craint plus rien, et ce n'est pas cette Saison en enfer qu'on lui a fait tenir, qui va le détourner de la route angélique. L'enfer, c'est fini ; il en a monté et descendu les marches une à une tous les soirs tandis que l'autre, dans le grenier de Roche, faisait un feu de toutes les barrières de la rhétorique, cassait la rime et malmenait la lyre.

In G. Goffette, *Verlaine d'ardoise et de pluie*, Gallimard, 1996, p. 114-116.

Verlaine a pris son bain dans les larmes, que Rimbaud fasse de même, il n'y a pas d'autre issue. Voilà bien ce qu'il se promet de lui dire à sa sortie de prison, Verlaine, ce qu'il fera en avril 1875, à Stuttgart, sans succès naturellement.

Rimbaud conte la chose à sa manière dans une lettre à Delahaye : « Verlaine est arrivé ici l'autre jour, un chapelet aux pinces... Trois heures après, on avait renié son Dieu et fait saigner les 98 plaies de N. S. »

Ils ne se reverront plus.

JACQUES-HENRY BORNECQUE

Dans son *Verlaine par lui-même*, Jacques-Henry Bornecque conçoit la conversion de Verlaine comme une « réversion » ou une tentative de retour à une innocence primordiale.

De cette « conversion » de Verlaine, qu'il faudrait appeler plutôt une *réversion*, puisqu'il s'agit des retrouvailles d'une religion d'enfance, d'un retour vers l'équilibre biologique primordial qui suppose et nécessite une foi — de cette mutation soudaine, nombreux sont ceux qui ont douté et qui doutent. Ils ne pensent point que Verlaine a menti, ni même qu'il s'est menti ; mais qu'il s'est abusé, qu'il a pris pour une visitation ce qui n'était qu'hallucination et dédoublement de la personnalité nés de la faiblesse solitaire contre laquelle ces phénomènes représentent une défense, presque une sécrétion psychologique. Celui qui devrait être un des plus proches de Verlaine, Paul Claudel, ne déclare-t-il pas à André Gide qu'il « n'a jamais beaucoup aimé *Sagesse*, où la jonglerie de Verlaine reste toujours apparente et gâte les pièces même les mieux venues » ? Pourquoi ce scepticisme des uns et des autres ? La plupart accusent l'état de réceptivité dans lequel se trouvait Verlaine : état qui rend difficile de distinguer s'il s'agit d'un appel subjectif au seul Médecin

In J.-H. Bornecque, *Verlaine par lui-même*, Seuil, 1967, p. 119-121.

possible, au nom duquel l'imagination alertée et l'âme font les demandes et les réponses, ou au contraire de la Visitation objective du Consolateur suprême dont la créature ravie enregistre lucidement le message. Telle est la thèse de Lepelletier, fidèle compagnon de Verlaine mais rationaliste invétéré : à son sens, la « conversion » de Verlaine fut un « acte impulsif » dont le pénitent a d'ailleurs, dans ses souvenirs, « corsé » les manifestations, puis utilisé en homme de lettres la neuve matière poétique, y voyant non seulement « une remise à neuf de son âme, mais aussi un ravalement de toutes les vieilles façades poétiques ». Le même Lepelletier est aussi de ceux qui mesurent l'authenticité de la « conversion » à l'aune de sa fragilité : « Il invoquait le saint pendant la tourmente. Le danger passé, le proverbe pour lui devait se vérifier... Hors de la cellule de Mons, la foi devait s'évaporer, laissant seulement subsister le goût de la religiosité, décorative et poétique. »

Que répondre ? Du point de vue chrétien, le P. Morice, excellent et lucide exégète de *Sagesse*, s'est attaché à montrer comment et combien le sang chrétien coule désormais en Verlaine et en ses vers. Mais à ceux que la seule affirmation chrétienne peut justement laisser insatisfaits, que dire d'homme à homme et d'esprit à esprit, car le problème est à la fois d'ordre spirituel et d'ordre psychologique ?

Sans doute faut-il rappeler d'abord que *tout sentiment* suppose et requiert ce pari qu'est un minimum de confiance : comment décider pour, et surtout contre l'être qui soudain crie de joie que son amour, que sa foi, il les vit ? Il est certain que la carence de tout divertissement, de tout réconfort physique ou moral : alcool, tabac, amour, fierté, a fait en lui ce vide propice aux sentiments extrêmes. Mais où a-t-on vu que la Grâce soit la seule solution à l'abandon, la seule issue au désespoir ? Qu'il faille l'inventer à défaut de la recevoir ? Dostoïevski en sort par une immense pitié essentiellement humaine ; tels de nos contemporains y échappent par une métaphysique de la révolte ou l'ardeur de haines particulières. De nombreux condamnés s'y dérobent par le suicide.

L'Enfer, a écrit Verlaine, c'est *l'Absence*. Et certes, tout est absent alors pour lui, sauf l'invisible. Il faut cependant avoir le sens ou l'intuition métaphysiques pour se référer, non pas une fois mais continûment depuis quelques mois, à cette revision de l'Enfer. Confondu avec le Paradis, cet Enfer sans péché est évidemment un refuge d'outlaws, puisque le rêve de Verlaine, sinon celui de Rimbaud, se révèle alors la transposition et la continuation dans l'au-delà d'une aventure terrestre exceptionnelle et hors la loi. Mais l'idéal sacrilège et manichéen de Verlaine avait quand même abouti, en cela, à un vœu de réconciliation du Bien et du Mal, un rêve d'amour et de pardon. L'Enfer est prêt à se livrer, dans un pari vers

[...] *Le ciel libre où monte le cri des nids* [...]

L'Enfer, n'est-ce pas d'ailleurs « le ciel en creux », ainsi que l'imprimait cette année même Barbey d'Aurevilly en une formule saisissante ?

Il est enfin certain que, pour être touché par la grâce de l'âme, il n'est pas inutile d'avoir conscience d'une âme immortelle et de s'en soucier : à ce sujet, il n'est que de suivre, dans les poèmes des deux années précédentes, ce bourgeonnement impérieux, chez Verlaine, de thèmes mystiques déviés, ces appels anxieux, dans l'ombre, qui vont sans savoir où, comme s'ils savaient. Des signes qui agissent comme ces ouvriers subalternes chargés d'orienter une route ou de défricher une place pour préparer une visite souveraine, mais qui ignorent cependant la raison exacte des ordres qu'ils exécutent.

V. CHOIX DE TEXTES CRITIQUES

ÉLÉONORE ZIMMERMANN

Éléonore Zimmermann met l'accent sur l'irrégularité et la discontinuité des formes poétiques verlainiennes.

Jetons un regard en arrière. Nous devons constater qu'après un premier élan donné par la conversion, Verlaine semble avoir grand-peine à trouver son chemin. L'expérience même de la conversion — la conscience d'être racheté, le sentiment qu'on ne peut appeler que mystique de communion avec Dieu, de Sa présence, de Sa force et de Sa bonté — ne se renouvelle plus, et l'on n'a pas l'impression que Verlaine s'efforce de le faire renaître. Trois fois il sut le traduire, en trois œuvres d'une beauté inoubliable : « Mon Dieu m'a dit » (*Sagesse*, II, IV), « Ô mon Dieu » (*Sagesse*, II, I) et « Bon chevalier masqué » (*Sagesse*, I, I), puis la conversion, d'expérience vécue, devient souvenir d'un événement qu'il raconte à divers reprises. Le récit en est étroitement lié à l'expression de bonnes résolutions au sujet de sa conduite future. Vivre en converti ne signifie pas pour Verlaine vivre en communion avec Dieu, mais vivre « sage », selon la Loi, et il fait beaucoup de vers sages. Ce qu'il ressent alors de façon plus immédiate que la présence de Dieu, ce qui est encore vibrant en lui, ce sont parfois les espoirs (« Beauté des femmes »), mais surtout les tentations. Il s'épuise à lutter contre elles, il cherche à les neutraliser en les coulant dans les moules les plus stricts, en faisant une parodie du trop beau mirage qu'elles présentent (« Voix de l'Orgueil », « Les faux beaux jours », « Ô vous, comme un qui boite au loin »). À travers la concentration et la fermeté d'ensemble qui les caractérisent, on sent encore un élan, une expérience vivante. Quand le repliement sur soi devient moins absolu,

In É. Zimmermann, *Magies de Verlaine*, José Corti, 1967, p. 204-205. Slatkine.

quand il ose s'ouvrir de nouveau à la nature, à la vie, Verlaine revient au mode lyrique (« L'échelonnement des haies... »). Mais on a l'impression d'une série de tâtonnements aveugles : les formes anciennes s'adaptent mal à sa sensibilité présente et Verlaine les abandonne l'une après l'autre (« La mer est plus belle », « Écoutez la chanson bien douce »). Il trouve aussi des formes nouvelles : à partir des mètres réguliers qu'il pratique beaucoup depuis sa conversion, il crée deux beaux rêves hallucinants qui semblent pouvoir ouvrir une autre voie. Mais il abandonne cette veine à son tour. Désormais la vie a pris le pas sur l'art, et une réussite artistique ne détermine plus nécessairement la direction future de sa poétique.

C'est sans doute pourquoi la voie de Verlaine avance désormais tellement en zigzag. Il écrit encore de très beaux poèmes : « L'échelonnement des haies... », « Agnus Dei », « Un veuf parle », « Un crucifix » *(Amour)* contiennent chacun toute une poétique, des mondes riches et divers — l'un de douceur, l'autre d'âpre violence, le troisième de visions symboliques et surnaturelles, le dernier d'un réalisme pittoresque et minutieux. Mais ils n'ont rien en commun sinon qu'il a fallu une grande expérience de la langue poétique pour les créer. La volonté de trouver une expression nouvelle survit encore en Verlaine, mais elle ne traduit plus de préoccupation vitale. La vérité existe désormais pour lui en dehors du poème et il n'a pas besoin de la créer par son art. La poésie n'est plus le seul moyen de dompter le chaos du monde.

Il le dira bientôt lui-même : seules la sincérité et la clarté importent en art. Or, la sincérité, c'est l'écho de la vie qui ballottera Verlaine dans tous les sens selon son mouvement capricieux. Verlaine s'abandonnera à une pente ou une autre de son inspiration. Il n'essaiera plus de soumettre sa poésie à un élément unificateur, il sera sans « théories » comme il le proclame fièrement (OPC, I, p. 899 ; OPC, II, p. 1074), c'est-à-dire qu'il ne cherchera plus à se limiter ni à se concentrer. Verlaine savait aussi bien que tout critique que la sincérité d'une œuvre n'existe qu'en fonction de l'art. Aussi aura-t-il toujours recours à l'« art », mais l'art trop souvent réduit au métier acquis, extérieur à ce qu'il doit exprimer, et que pour cette raison on peut admirer sans qu'on en soit touché.

JACQUES ROBICHEZ

Pour Jacques Robichez c'est l'originalité et la vigueur de l'image qui détermine la qualité et la profondeur de la poésie de Verlaine. L'imaginaire poétique est cependant constamment menacé par le prosaïsme de l'idée.

L'art de Verlaine dans *Sagesse* est inégal, menacé de divers côtés. Tantôt, à force de chercher le naturel de la conversation, le poète rencontre la prose la plus banale. Il écrit imperturbablement :

In J. Robichez, *Œuvres poétiques de Verlaine*, Garnier, 1995, p. 173-175.
Droits Réservés.

> *L'âme antique était rude et vaine*
> *Et ne voyait dans la douleur*
> *Que l'acuité de la peine*
> *Ou l'étonnement du malheur.*

Même les sonnets de « Mon Dieu m'a dit » n'évitent pas toujours cet écueil. Tantôt, mais moins savant, il tombe dans un raffinement de subtilité qui l'entraîne à des corrections obscurcissantes (I, v, vers 4). Ailleurs, le néophyte adopte certains tics du langage dévot. Qu'il célèbre le prince impérial (I, XIII) ou les jésuites (I, XIV), c'est sur un rythme usé, en rimes de cantiques ; surtout, c'est avec un ton doucereux, qui devient plus gênant encore quand il s'agit pour le « veuf » de reconquérir l'amour de Mathilde :

> *On n'offense que Dieu qui seul pardonne. Mais*
> *On contriste son frère, on l'afflige, on le blesse...*

Enfin il arrive à Verlaine de s'embarrasser dans l'abstraction :

Ce qu'il faut à tout prix qui règne et qui demeure,
Ce n'est pas la méchanceté, c'est la bonté.

Analyse, démonstration, l'intention apologétique se place en travers du poème et barre la route à la poésie :

N'as-tu pas l'espérance
De la fidélité,
Et, pour plus d'assurance
Dans la sécurité,
N'as-tu pas la souffrance ?

Ces faiblesses sont réelles, évidentes. L'auteur lui-même en aura conscience, comme le prouveront les suppressions judicieuses pratiquées dans le *Choix de poésies* de 1891. Mais il n'en reste pas moins que quelques-uns des chefs-d'œuvre de Verlaine se trouvent dans *Sagesse*. Sans parler des recherches prosodiques, curiosités de rythmes et jeux de rimes, qui rattachent le recueil (surtout la troisième partie) aux *Romances sans paroles*, sans parler de ce que M. Pierre Moreau appelle le « paysage introspectif », technique où Verlaine était passé maître dès les *Poèmes saturniens*, on est sensible ici à un charme particulier dont quelques accents se laissent aisément distinguer.

La bonhomie tout d'abord. Le poème liminaire part d'un train paisible et souriant, qui est l'un des rythmes de *Sagesse*. Le « bon chevalier » taciturne parle comme le gendarme qui accueillit Verlaine libéré : « Et surtout, n'y revenez plus. » Plus loin, dans « Qu'en dis-tu voyageur », « c'était trop excessif, aussi... » est encore de son style. C'est lui qui s'emporte et se familiarise jusqu'à l'étonnante exclamation :

... Êtes-vous fous,
Père, Fils, Esprit ?

Lui encore qui sympathise avec la courte « Sagesse d'un Louis Racine ». Euphorie d'une foi sereine, avec pour limites, et pour écueil, la platitude et la prose.

À l'extrême opposé, voici des poèmes dont le charme vient d'une complexité qui autorise les interprétations contradictoires :

Beauté des femmes, leur faiblesse, et ces mains pâles... [...]

Poèmes rêvés autant que conçus, où se juxtaposent, en dehors de toute véritable composition, des images inattendues et anarchiques. L'unité de ces sonnets énigmatiques tient à une atmosphère diffuse, à une tonalité dominante. [...] Le poète veut dire quelque chose, mais sa voix se brise avant que les mots ne se soient organisés. L'abstrait cède et s'estompe.

Car c'est bien là ce qui distingue la meilleure part de *Sagesse*. Chaque fois que l'idée s'impose sur le devant du poème, chaque fois que l'image est réduite au rôle d'accessoire, Verlaine tend vers l'allégorie. Il écrit par exemple, pour évoquer la Prière :

Toute belle au front humble et fier,
Une Dame vint sur la nue...

Mais en fait, il n'évoque rien qu'une image banale de style Saint-Sulpice. Au contraire, s'il parle d'abord à l'imagination et, à partir d'une sensation, d'un souvenir, d'une chose vue, s'il atteint, comme au hasard, une notion chrétienne, alors il nous touche. Certaines notes de l'exemplaire Kessler mettent sur le chemin de cette interprétation. En face de « Ô vous, comme un qui boite au loin » Verlaine écrit : « Stickney. Été 1875, en revenant d'avoir communié à l'église catholique de Boston. » C'est donc un poème qu'il a composé en marchant et la petite route anglaise qu'il suit, le cœur léger, y est présente. Présentes aussi ces oies qu'il y a peut-être rencontrées et dont l'image grotesque précède, si l'on ne se trompe pas, l'introspection du communiant. Ce n'est pas, me semble-t-il, une illustration d'un état d'âme, laborieusement cherchée et qui serait pédante en sa bizarrerie. C'est au contraire dans la quiétude d'une action de grâce sans contours précis, l'irruption d'un détail gratuit et concret, un fragment de décor familier qui sert d'incitation à l'analyse. [...] C'est le mouvement des plus beaux vers de *Sagesse*.

JEAN-PIERRE RICHARD

Selon Jean-Pierre Richard, Verlaine tente d'échapper à la « fadeur » qui caractérise le climat de ses premiers recueils par un recours à la plénitude de conscience de la foi.

[...] Aussi le sentiment religieux n'est-il guère chez Verlaine qu'une idolâtrie. Il a besoin, pour vivre et pour se soutenir, d'images, et si possible d'images d'Épinal : les plus nettes, les plus familières, les plus naïves seront celles qui provoqueront en lui les adhésions les plus heureuses. Seule la netteté du Vrai dissipera pour lui l'incertitude des possibles. Car ce Vrai a désormais un nom, un corps, une existence personnelle ; la sagesse provoque bien encore « un doux vide, un grand renoncement », elle s'enveloppe bien d'une nouvelle forme de fadeur — « une candeur d'une fraîcheur délicieuse » — mais ce vide n'est pas une absence ni cette fadeur un écœurement : dans le moi évidé plus de *on*, plus de *ça*, mais un *Il*, une présence indubitable et radieuse, « *Quelqu'un* en nous qui sent la paix immensément »...

Assuré de ce point d'appui, relié par sa foi nouvelle à ce *Quelqu'un*, à ce centre divin de référence et de prière qu'est la personne de Jésus-Christ, Ver-

In J.-P. Richard, Poésie et profondeur, Seuil, 1955, p. 178-183.

laine peut se retourner vers soi, et, seul dans la cellule de Mons, entreprendre de se refaire une âme. On le voit reconstruire avec application toutes les catégories logiques, les « cases » de son esprit, et y ranger en bon ordre, soigneusement étiquetées, les explications qui échappaient autrefois à son angoisse et que la foi lui a d'un seul coup rendues :

> Ô Belgique qui m'as valu ce dur loisir
> Merci ! J'ai pu du moins réfléchir et saisir
> Dans le silence doux et blanc de tes cellules
> Les raisons qui fuyaient comme des libellules...
> Les raisons de mon être éternel et divin,
> Et les étiqueter comme en un beau musée
> Dans les cases en fin cristal de ma pensée...

Intériorité classée et assagie, où toute question trouve aussitôt et automatiquement sa réponse [...].

GEORGES ZAYED

Étudiant la formation littéraire de Verlaine, Georges Zayed en vient à dégager les éléments qui forment l'originalité de la poésie de Verlaine.

[...] Verlaine nous apparaît original sous plus d'un angle : par l'individualité de son œuvre, par l'interprétation des éléments étrangers, par sa manière de sentir, par sa représentation du monde extérieur et par ses moyens d'expression poétique : style, langue et prosodie.

Si l'originalité consiste à traduire dans ses vers ses propres émotions ou les événements de son existence, nul plus que lui ne peut se flatter d'avoir possédé cette qualité. En dehors de quelques pastiches et poèmes d'imitation, il n'a rien écrit qui ne fût sa vie propre, au point que si l'on ne possédait aucun renseignement sur lui, on pourrait de l'étude de ses poèmes dresser

In G. Zayed, *La Formation littéraire de Verlaine,* Nizet, 1970, p. 369-370.

une biographie complète. Le poète ne pouvait se détacher de la sphère étroite de son moi. Et c'est ce moi, tour à tour naïf ou fin, délicat ou grossier, abject ou sublime, ce moi inadapté aux réalités de la vie ou réfugié dans le songe tutélaire, vautré dans le vice, torturé de remords ou prosterné devant Dieu, qui remplit toute son œuvre. Son Amour, ses amours, ses aspirations, ses joies et ses souffrances, ses rêves, ses désirs et ses déceptions, ses vagabondages et ses malheurs, sa conversion, ses luttes et ses chutes, voilà la substance de ses vers, et voilà ce qui fait de lui *le poète de l'individuel*.

Mais si l'originalité consiste à interpréter d'une façon neuve et personnelle les thèmes éternels de la littérature (auxquels d'ailleurs le poète a heureusement échappé en grande partie), Verlaine peut être considéré comme authentiquement original. Son lyrisme personnel se caractérise par des traits qui lui sont propres : simplicité, sincérité, douceur, tendresse, langueur, légèreté, mélancolie, le tout saupoudré d'un grain de sensualité voilée et de subtilité ironique. Malgré quelques émotions violentes, compliquées ou retorses dont il a fait preuve dans quelques poèmes (comme « Birds in the night » ou « Les vaincus » par exemple), Verlaine se distingue par l'expression des émotions menues, des sentiments à l'état naissant et des sensations très simples. Poète humain, il est aussi ennemi de l'emphase et de l'éloquence que de la complication orgueilleuse. Ce qui fait qu'à aucun moment on ne sent en le lisant ce malaise qu'on éprouve parfois en face des romantiques : de son origine parnassienne, il a gardé la honte de l'étalage intempestif, une certaine façon de tenir ses émotions à distance [...] et ce tact qui l'a empêché de dramatiser les événements de sa vie dans le but de toucher le lecteur. Il est dans l'expression de la passion et de la douleur d'une naïveté candide qui surprend et qui attire.

D'autre part, dans les thèmes généraux et forcément d'emprunt qu'il a traités, on relève aussi quelques traits qui le distinguent : réduction, imprécision, concentration, musicalité... Le thème qui, chez les romantiques et les Parnassiens, était l'objet de longs développements, se simplifie et se rétrécit chez lui ; son souffle court le réduit à sa mesure. Par suite, au lieu d'aller de strophe en strophe vers une plus grande précision, il perd de sa netteté et de son relief, devient flou, difficile à analyser, et se voile d'une teinte d'irréalité : ce qui explique ses préférences pour le poème court et son goût pour l'art concentré.

Enfin Verlaine a traité certains thèmes avec une maîtrise si parfaite qu'ils sont devenus à proprement parler verlainiens : les « paysages tristes » des *Poèmes saturniens*, paysages « états d'âme », chargés de souvenirs, de regrets et de mélancolie, où le poète décrit moins la nature que ses propres sentiments ; les « paysages impressionnistes » des *Romances sans paroles*, formés de notations directes directement rendues dans toute leur fraîcheur, sans enjolivement ni stylisation ; le thème du « XVIIIe siècle » qu'il a porté à sa perfection et où son originalité [...] s'est manifestée avec tant de relief que toute poésie d'un autre écrivain traitant le même sujet rappelle immanquablement les *Fêtes galantes* et semble inspiré d'elles ; le thème virginal et timide de *La Bonne Chanson* [...] ; le thème religieux [traité principalement dans *Sagesse* et *Amour*] dans lequel il a montré avec une acuité si poignante le pécheur dans les transes de la rédemption et le désir de pureté aux prises avec la tentation de la chair, où il a chanté avec une simplicité et une naïveté si touchantes son culte marial et sa brûlante adoration du Christ, qu'il est devenu sans conteste le chantre authentique de la poésie catholique et que *Sagesse* s'apparente naturellement au *Mystère de Jésus*, aux *Fioretti* et à l'*Imitation de Jésus-Christ*.

CLAUDE CUÉNOT

Pour Claude Cuénot, l'art de Verlaine réside avant tout dans le jaillissement spontané du mot dans son rapport à l'imaginaire.

Nous devons pour l'instant nous contenter des lieux communs que l'on retrouve un peu chez tous et qui se transmettent de génération en génération. Il y a une légende qui n'est plus soutenue par personne, c'est celle de Verlaine poète enfant, naïf et spontané. Ce qui a pu tromper, c'est l'utilisation de quelques thèmes populaires, mais Verlaine, sauf peut-être dans « Le ciel est, par-dessus le toit », n'est pas un poète populaire, c'est l'absence d'idées philosophiques et la simplicité voulue de la forme, mais cela n'exclut pas la subtilité sentimentale ou intellectuelle, c'est le travail de la forme, qui a pour but de lui conférer une certaine indécision, quelquefois même une certaine gaucherie voulue, mais en fait Verlaine était un littérateur d'une large culture, maîtrisant toutes les techniques sans y être assujetti, adorant la littérature et très scrupuleux pour le travail de la forme. Ce qui est spontané chez Verlaine, au moins à l'époque où il est le plus maître de son génie, c'est le jaillissement créateur, où le thème vital et le schème concret que revêt ce thème sont intimement unis. En général, il n'y a pas chez Verlaine l'intermédiaire de l'intelligence, de l'idée entre le thème et la conception de ce schème concret. L'intelligence n'intervient que quand il s'agit d'écrire et de peser les mots.

[...] Certainement Verlaine a préparé l'effort symboliste pour rendre le subconscient, les états subliminaires. On peut dire également, d'une façon plus large, que c'est le poète individuel, en quoi il s'oppose nettement à l'idéalisme mallarméen. C'est ce qui explique son impressionnisme, car l'impressionnisme, toute question de technique mise à part, est essentiellement un effort pour rendre ce qu'il y a d'unique dans la sen-

In C. Cuénot, État présent des études verlainiennes, Les Belles-Lettres, 1938, p. 109-110.

sation. C'est ce qui explique sa conversion au Christ, car l'amour de l'homme pour Dieu est essentiellement un dialogue d'un individu à un être individuel — et en cela Verlaine a contribué au renouveau idéaliste et surtout chrétien. C'est ce qui fait enfin comprendre, au point de vue de la forme, ce qu'il y a de lamentablement balbutiant quand Verlaine ne réussit pas à s'exprimer, car la forme chez lui n'est pas indépendante de l'idée, n'est pas capable de soutenir l'idée, et ce qu'il y a d'inimitable quand il parvient à s'exprimer, car, n'étant pas assujetti à des techniques bien définies, il a su, nous l'avons dit, se créer une forme adéquate, transparente à l'idée, caractérisée par le petit nombre de procédés et par une musicalité qui a fait de lui le créateur du « Lied » français. Comment Verlaine a-t-il su rendre l'inexprimable ? Voilà une des tâches les plus difficiles de l'analyse du poète et en particulier de la forme.

VI. BIBLIOGRAPHIE SÉLECTIVE

I. CORRESPONDANCE

Œuvres complètes de Paul Verlaine (édition établie et annotée par Jacques Borel et H. de Bouillane de Lacoste, introduction d'Octave Nadal), Club du Meilleur Livre, 2 vol., 1959-1960. On se reportera à cette édition pour la correspondance.
Paul Verlaine, lettres inédites à divers correspondants (classées et annotées par Georges Zayed), Droz, 1976.
Pour compléter l'édition précédente.

II. ÉTUDES CRITIQUES

Antoine Adam, *Verlaine*, Hatier-Boivin, 1953.
Jean-Louis Aroui, « Forme strophique et sens chez Verlaine », Poétique XXIV, 1993, p. 277-299.
Jean-Pierre Bobillot, « Entre mètre et non-mètre. Le " décasyllabe " chez Verlaine », Revue Verlaine I, 1993, p. 179-200.
Jacques-Henry Bornecque, *Verlaine par lui-même*, Seuil, 1976.
Alain Buisine, *Paul Verlaine*, Tallandier, 1995.
A. E. Carter, Paul Verlaine, New York, 1971.
Claude Cuénot, *Le Style de Paul Verlaine*, CDU-SEDES, 1963.
Ernest Delahaye, *Verlaine,* Messein, 1919.
Guy Goffette, *Verlaine d'ardoise et de pluie*, Gallimard, 1996.
Edmond Lepelletier, *Paul Verlaine, sa vie, son œuvre*, Mercure de France, 1907.
Jean-Jacques Lévêque, *Paul Verlaine : le poète orageux,* ACR, 1996.
Louis Morice, *Verlaine, le drame religieux*, Beauchesne, 1946.

Jean Mourot, *Verlaine*, Presses universitaires de Nancy, 1988.
Pierre Petitfils, *Verlaine*, Julliard, 1982.
Jean-Pierre Richard, « Fadeur de Verlaine », in *Poésie et profondeur*, Seuil, 1955.
Jean Richer, *Paul Verlaine*, Seghers, 1990.
Jacques Robichez, *Verlaine entre Rimbaud et Dieu*, SEDES, 1982.
Pierre-Henri Simon, *Sagesse de Paul Verlaine*, Éditions universitaires de Fribourg, 1982.
V. P. Underwood, *Verlaine et l'Angleterre*, Nizet, 1956.
Gilles Vannier, *Verlaine ou l'enfance de l'art,* Champ Vallon, 1993.
Georges Zayed, *La Formation littéraire de Verlaine*, Nizet, 1970.
Éléonore Zimmermann, *Magies de Verlaine*, José Corti, 1967.

III. COLLECTIFS ET NUMÉROS SPÉCIAUX DE REVUES

Actes du colloque « Petite Musique de Verlaine, *Romances sans paroles, Sagesse* », Société des études romantiques, SEDES, 1982.
Actes du colloque « Verlaine à la loupe », Jean-Michel Gouvard et Steve Murphy ed., Cerisy-la-Salle, 12-17 juillet 1996.
Europe, septembre-octobre 1974.
Revue des sciences humaines, avril-juin 1965.
« Il y a cent ans Verlaine », *Quinzaine littéraire* n° 687, février 1996. (Rappelons enfin, comme source régulière d'études pointues sur le poète, la *Revue Verlaine*, Charleville-Mézières, Musée-Bibliothèque Rimbaud.)

VII. INDEX DES POÈMES CITÉS

Sagesse

I

Bon chevalier masqué... 46, 48, 52, 61, 89
J'avais peiné comme Sisyphe 21-22, 57, 61, 64, 89, 156
Qu'en dis-tu, voyageur... 22, 43, 46, 88, 92, 105, 122-123
Malheureux ! tous les dons... 68-69, 93-94, 104, 123-124, 137, 153, 156-157
Beauté des femmes, leur faiblesse... 122, 157
Ô vous, comme un qui boite au loin... 99, 140, 158
Les faux beaux jours ont lui... 93, 98, 140
La vie humble aux travaux... 140
Sagesse d'un Louis Racine, je t'envie ! 24, 126-127, 138
Non. Il fut gallican, ce siècle, et janséniste ! 23, 129
Petits amis qui sûtes nous prouver 25, 43, 61, 67, 97, 107
On n'offense que Dieu qui seul pardonne 38, 45, 138
Écoutez la chanson bien douce 24, 43
Voix de l'Orgueil... 68, 101-103, 107, 149-150
L'Ennemi se déguise en l'Ennui 67, 108
Va ton chemin... 66, 113-114, 155
Pourquoi triste, ô mon âme 43
Né l'enfant des grandes villes 58, 62, 109
L'âme antique était rude et vaine 52-53, 69, 112

II

Ô mon Dieu, vous m'avez blessé d'amour 46, 53-54, 58, 150, 152
Je ne veux plus aimer... 43, 46, 58, 63, 65, 152

Mon Dieu m'a dit... (cycle entier) 21, 23, 38, 46, 49, 54, 58, 61-63, 69-87, 142

III

Désormais le Sage, puni 32-33, 125
Du fond du grabat 34, 62, 66-67, 106, 119, 147
L'espoir luit... 35, 100
Je suis venu, calme orphelin 36, 94
Un grand sommeil noir 95, 147
Le ciel est, par-dessus le toit 93, 105, 113, 122
Je ne sais pourquoi 36, 147-148, 152
Parfums, couleurs, systèmes, lois ! 107, 157
La tristesse, la langueur du corps humain 102, 148, 152
La bise se rue 34-35, 130-131
Vous voilà, vous voilà, pauvres bonnes pensées ! 89
L'immensité de l'humanité 29
La mer est plus belle 120
La « grande ville » 21, 30, 116-117
Toutes les amours de la terre 101, 155
Parisien, mon frère à jamais étonné 114-115, 118, 124
C'est la fête du blé, c'est la fête du pain 55, 58, 110, 131-132, 137-138

Amour

Écrit en 1875 18
Un conte 88
Parsifal 143-145
À Léon Valade 155
Drapeau vrai 155

Bonheur

Un projet de mon âge mûr 14
Ô j'ai froid d'un froid de glace 148-149
Après le départ des cloches 155
Vous m'avez demandé quelques vers sur
   Amour 95

TABLE

ESSAI

11 INTRODUCTION

13 I. *SAGESSE* : TOURNANT D'UNE VIE, TOURNANT D'UNE ŒUVRE ?

14 L'ange de l'éveil
16 *Cellulairement*
19 La chanson en allée
20 Quelle sagesse ?
28 Verlaine catholique
31 De *Cellulairement* à *Sagesse* : bricolage ou transition ?
37 Continuité d'une œuvre

40 II. STRUCTURE DU RECUEIL

41 Ordre et signification
42 Architecture de *Sagesse*
48 La recherche d'une unité
50 Structure ternaire et proportions
51 Balises d'un parcours poétique

57 III. L'EXPÉRIENCE MYSTIQUE

57 Purgation, illumination, union
60 Limites du modèle mystique
60 Présences divines et spirituelles
69 Le dialogue mystique
71 L'appel divin
72 Vers la consommation de l'amour mystique
74 La réponse humaine
77 La transcendance de l'amour

- 80 Les articulations d'un dialogue
- 83 Les images : tradition et invention

88 IV. LA PAIX INTROUVABLE

- 88 Les substituts de la force
- 91 *Duo sunt in homine*
- 97 L'esthétique du vice
- 103 Dévalorisation des plaisirs
- 104 La rhétorique de la simplicité

111 V. TEMPS ET ESPACE

- 111 Dimensions symboliques de l'espace
- 112 L'archétype spirituel
- 116 La ville : espace maudit
- 117 L'espace fermé et protecteur
- 118 Le voyage. La mer et l'immensité
- 121 Qualités du temps
- 126 Modèles du passé
- 130 Les saisons comme symboles
- 131 Le temps festif ou l'abolition du temps

133 VI. ENTRE RHÉTORIQUE ET MUSIQUE

- 134 Retour à l'alexandrin
- 139 Usage du sonnet
- 146 L'impair dans *Sagesse*
- 151 La rime
- 153 Rhétorique du prosaïque
- 154 Rhétorique et lexique décadents
- 156 Ruptures syntaxiques

159 CONCLUSION

DOSSIER

- 163   I. REPÈRES BIO-BIBLIOGRAPHIQUES
- 164   II. TEXTES DE VERLAINE
- 178   III. VERLAINE VU PAR SES CONTEMPORAINS

    Jules Huret — Émile Verhaeren — Remy de Gourmont — Joris-Karl Huysmans.

- 189   IV. CHOIX DE TEXTES BIOGRAPHIQUES

    Alain Buisine — Guy Goffette — Jacques-Henry Bornecque.

- 194   V. CHOIX DE TEXTES CRITIQUES

    Éléonore Zimmermann — Jacques Robichez — Jean-Pierre Richard — Georges Zayed — Claude Cuénot.

- 205   VI. BIBLIOGRAPHIE SÉLECTIVE
- 207   VII. INDEX DES POÈMES CITÉS

DANS LA MÊME COLLECTION

Jean-Louis Backès *Crime et châtiment de Fédor Dostoïevski* (40)
Emmanuèle Baumgartner *Poésies de François Villon* (72)
Patrick Berthier *Colomba de Prosper Mérimée* (15)
Philippe Berthier *Eugénie Grandet d'Honoré de Balzac* (14)
Philippe Berthier *La Chartreuse de Parme de Stendhal* (49)
Michel Bigot, Marie-France Savéan *La cantatrice chauve / La leçon d'Eugène Ionesco* (3)
Michel Bigot *Zazie dans le métro de Raymond Queneau* (34)
André Bleikasten *Sanctuaire de William Faulkner* (27)
Madeleine Borgomano *Le ravissement de Lol V. Stein de Marguerite Duras* (60)
Arlette Bouloumié *Vendredi ou les Limbes du Pacifique de Michel Tournier* (4)
Marc Buffat *Les mains sales de Jean-Paul Sartre* (10)
Claude Burgelin *Les mots de Jean-Paul Sartre* (35)
Mariane Bury *Une vie de Guy de Maupassant* (41)
Pierre Chartier *Les faux-monnayeurs d'André Gide* (6)
Pierre Chartier *Candide de Voltaire* (39)
Marc Dambre *La symphonie pastorale d'André Gide* (11)
Michel Décaudin *Alcools de Guillaume Apollinaire* (23)
Jacques Deguy *La nausée de Jean-Paul Sartre* (28)
Béatrice Didier *Jacques le fataliste de Denis Diderot* (69)
Carole Dornier *Manon Lescaut de l'Abbé Prévost* (66)
Pascal Durand *Poésies de Stéphane Mallarmé* (70)
Louis Forestier *Boule de suif et La Maison Tellier de Guy de Maupassant* (45)
Laurent Fourcaut *Le chant du monde de Jean Giono* (55)
Danièle Gasiglia-Laster *Paroles de Jacques Prévert* (29)
Jean-Charles Gateau *Capitale de la douleur de Paul Éluard* (33)
Jean-Charles Gateau *Le parti pris des choses de Francis Ponge* (63)
Henri Godard *Voyage au bout de la nuit de Céline* (2)
Henri Godard *Mort à crédit de Céline* (50)
Monique Gosselin *Enfance de Nathalie Sarraute* (57)
Daniel Grojnowski *A rebours de Huysmans* (53)
Jeannine Guichardet *Le père Goriot d'Honoré de Balzac* (24)
Jean-Jacques Hamm *Le Rouge et le Noir de Stendhal* (20)
Philippe Hamon *La bête humaine d'Émile Zola* (38)
Geneviève Hily-Mane *Le vieil homme et la mer d'Ernest Hemingway* (7)
Emmanuel Jacquart *Rhinocéros d'Eugène Ionesco* (44)
Caroline Jacot-Grappa *Les liaisons dangereuses de Choderlos de Laclos* (64)
Alain Juillard *Le passe-muraille de Marcel Aymé* (43)
Anne-Yvonne Julien *L'Œuvre au Noir de Marguerite Yourcenar* (26)
Thierry Laget *Un amour de Swann de Marcel Proust* (1)
Thierry Laget *Du côté de chez Swann de Marcel Proust* (21)

Claude Launay *Les Fleurs du mal de Charles Baudelaire* (48)
Jean-Pierre Leduc-Adine *L'Assommoir d'Emile Zola* (61)
Marie-Christine Lemardeley-Cunci *Des souris et des hommes de John Steinbeck* (16)
Marie-Christine Lemardeley-Cunci *Les raisins de la colère de John Steinbeck* (73)
Olivier Leplatre *Fables de Jean de La Fontaine* (76)
Claude Leroy *L'or de Blaise Cendrars* (13)
Henriette Levillain *Mémoires d'Hadrien de Marguerite Yourcenar* (17)
Henriette Levillain *La Princesse de Clèves de Madame de la Fayette* (46)
Jacqueline Lévi-Valensi *La peste d'Albert Camus* (8)
Jacqueline Lévi-Valensi *La chute d'Albert Camus* (58)
Marie-Thérèse Ligot *Un barrage contre le Pacifique de Marguerite Duras* (18)
Marie-Thérèse Ligot *L'amour fou d'André Breton* (59)
Joël Malrieu *Le Horla de Guy de Maupassant* (51)
François Marotin *Mondo et autres histoires de J. M. G. Le Clézio* (47)
Catherine Maubon *L'âge d'homme de Michel Leiris* (65)
Jean-Michel Maulpoix *Fureur et mystère de René Char* (52)
Alain Meyer *La Condition humaine d'André Malraux* (12)
Jean-Pierre Morel *Le procès de Kafka* (71)
Pascaline Mourier-Casile *Nadja d'André Breton* (37)
Jean-Pierre Naugrette *Sa Majesté des mouches de William Golding* (25)
François Noudelmann *Huis-clos* et *Les mouches de Jean-Paul Sartre* (30)
Jean-François Perrin *Les confessions de Jean-Jacques Rousseau* (62)
Bernard Pingaud *L'Étranger d'Albert Camus* (22)
Jean-Yves Pouilloux *Les fleurs bleues de Raymond Queneau* (5)
Jean-Yves Pouilloux *Fictions de Jorge Luis Borges* (19)
Frédéric Regard *1984 de George Orwell* (32)
Pierre-Louis Rey *Madame Bovary de Gustave Flaubert* (56)
Anne Roche *W de Georges Perec* (67)
Mireille Sacotte *Un roi sans divertissement de Jean Giono* (42)
Marie-France Savéan *La place* et *Une femme d'Annie Ernaux* (36)
Michèle Szkilnik *Perceval ou Le Conte du Graal de Chrétien de Troyes* (74)
Marie-Louise Terray *Les chants de Maldoror - Lettres - Poésie I et II de Isidore Ducasse Comte de Lautréamont* (68)
Claude Thiébaut *La métamorphose et autres récits de Franz Kafka* (9)
Michel Viegnes *Sagesse - Amour - Bonheur de Paul Verlaine* (75)
Marie-Ange Voisin-Fougère *Contes cruels de Villiers de L'Isle Adam* (54)

À PARAÎTRE

Mireille Sacotte *Éloges de Saint-John Perse*
Annie Becq *Lettres persanes de Montesquieu*
José-Luis Diaz *Illusions perdues de Balzac*
Guy Rosa *Quatre-vingt-treize de Victor Hugo*

COLLECTION FOLIO

Dernières parutions

2951. Amos Oz — *Toucher l'eau, toucher le vent.*
2952. Jean-Marie Rouart — *Morny, un voluptueux au pouvoir.*
2953. Pierre Salinger — *De mémoire.*
2954. Shi Nai-an — *Au bord de l'eau I.*
2955. Shi Nai-an — *Au bord de l'eau II.*
2956. Marivaux — *La Vie de Marianne.*
2957. Kent Anderson — *Sympathy for the Devil.*
2958. André Malraux — *Espoir — Sierra de Teruel.*
2959. Christian Bobin — *La folle allure.*
2960. Nicolas Bréhal — *Le parfait amour.*
2961. Serge Brussolo — *Hurlemort.*
2962. Hervé Guibert — *La piqûre d'amour et autres textes.*
2963. Ernest Hemingway — *Le chaud et le froid.*
2964. James Joyce — *Finnegans Wake.*
2965. Gilbert Sinoué — *Le Livre de saphir.*
2966. Junichirô Tanizaki — *Quatre sœurs.*
2967. Jeroen Brouwers — *Rouge décanté.*
2968. Forrest Carter — *Pleure, Géronimo.*
2971. Didier Daeninckx — *Métropolice.*
2972. Franz-Olivier Giesbert — *Le vieil homme et la mort.*
2973. Jean-Marie Laclavetine — *Demain la veille.*
2974. J.M.G. Le Clézio — *La quarantaine.*
2975. Régine Pernoud — *Jeanne d'Arc.*
2976. Pascal Quignard — *Petits traités I.*
2977. Pascal Quignard — *Petits traités II.*
2978. Geneviève Brisac — *Les filles.*
2979. Stendhal — *Promenades dans Rome.*

2980.	Virgile	*Bucoliques. Géorgiques.*
2981.	Milan Kundera	*La lenteur.*
2982.	Odon Vallet	*L'affaire Oscar Wilde.*
2983.	Marguerite Yourcenar	*Lettres à ses amis et quelques autres.*
2984.	Vassili Axionov	*Une saga moscovite I.*
2985.	Vassili Axionov	*Une saga moscovite II.*
2986.	Jean-Philippe Arrou-Vignod	*Le conseil d'indiscipline.*
2987.	Julian Barnes	*Metroland.*
2988.	Daniel Boulanger	*Caporal supérieur.*
2989.	Pierre Bourgeade	*Éros mécanique.*
2990.	Louis Calaferte	*Satori.*
2991.	Michel Del Castillo	*Mon frère l'Idiot.*
2992.	Jonathan Coe	*Testament à l'anglaise.*
2993.	Marguerite Duras	*Des journées entières dans les arbres.*
2994.	Nathalie Sarraute	*Ici.*
2995.	Isaac Bashevis Singer	*Meshugah.*
2996.	William Faulkner	*Parabole.*
2997.	André Malraux	*Les noyers de l'Altenburg.*
2998.	Collectif	*Théologiens et mystiques au Moyen Âge.*
2999.	Jean-Jacques Rousseau	*Les Confessions (Livres I à IV).*
3000.	Daniel Pennac	*Monsieur Malaussène.*
3001.	Louis Aragon	*Le mentir-vrai.*
3002.	Boileau-Narcejac	*Schuss.*
3003.	LeRoi Jones	*Le peuple du blues.*
3004.	Joseph Kessel	*Vent de sable.*
3005.	Patrick Modiano	*Du plus loin de l'oubli.*
3006.	Daniel Prévost	*Le pont de la Révolte.*
3007.	Pascal Quignard	*Rhétorique spéculative.*
3008.	Pascal Quignard	*La haine de la musique.*
3009.	Laurent de Wilde	*Monk.*
3010.	Paul Clément	*Exit.*
3011.	Léon Tolstoï	*La Mort d'Ivan Ilitch.*
3012.	Pierre Bergounioux	*La mort de Brune.*
3013.	Jean-Denis Bredin	*Encore un peu de temps.*
3014.	Régis Debray	*Contre Venise.*
3015.	Romain Gary	*Charge d'âme.*
3016.	Sylvie Germain	*Éclats de sel.*

3017.	Jean Lacouture	*Une adolescence du siècle : Jacques Rivière et la* N.R.F.
3018.	Richard Millet	*La gloire des Pythre.*
3019.	Raymond Queneau	*Les derniers jours.*
3020.	Mario Vargas Llosa	*Lituma dans les Andes.*
3021.	Pierre Gascar	*Les femmes.*
3022.	Penelope Lively	*La sœur de Cléopâtre.*
3023.	Alexandre Dumas	*Le Vicomte de Bragelonne I.*
3024.	Alexandre Dumas	*Le Vicomte de Bragelonne II.*
3025.	Alexandre Dumas	*Le Vicomte de Bragelonne III.*
3026.	Claude Lanzmann	*Shoah.*
3027.	Julian Barnes	*Lettres de Londres.*
3028.	Thomas Bernhard	*Des arbres à abattre.*
3029.	Hervé Jaouen	*L'allumeuse d'étoiles.*
3030.	Jean d'Ormesson	*Presque rien sur presque tout.*
3031.	Pierre Pelot	*Sous le vent du monde.*
3032.	Hugo Pratt	*Corto Maltese.*
3033.	Jacques Prévert	*Le crime de Monsieur Lange. Les portes de la nuit.*
3034.	René Reouven	*Souvenez-vous de Monte-Cristo.*
3035.	Mary Shelley	*Le dernier homme.*
3036.	Anne Wiazemsky	*Hymnes à l'amour.*
3037.	Rabelais	*Quart livre.*
3038.	François Bon	*L'enterrement.*
3039.	Albert Cohen	*Belle du Seigneur.*
3040.	James Crumley	*Le canard siffleur mexicain.*
3041.	Philippe Delerm	*Sundborn ou les jours de lumière.*
3042.	Shûzaku Endô	*La fille que j'ai abandonnée.*
3043.	Albert French	*Billy.*
3044.	Virgil Gheorghiu	*Les Immortels d'Agapia.*
3045.	Jean Giono	*Manosque-des-Plateaux* suivi de *Poème de l'olive.*
3046.	Philippe Labro	*La traversée.*
3047.	Bernard Pingaud	*Adieu Kafka ou l'imitation.*
3048.	Walter Scott	*Le Cœur du Mid-Lothian.*
3049.	Boileau-Narcejac	*Champ clos.*
3050.	Serge Brussolo	*La maison de l'aigle.*
3052.	Jean-François Deniau	*L'Atlantique est mon désert.*
3053.	Mavis Gallant	*Ciel vert, ciel d'eau.*
3054.	Mavis Gallant	*Poisson d'avril.*

3056.	Peter Handke	*Bienvenue au conseil d'administration.*
3057.	Anonyme	*Josefine Mutzenbacher. Histoire d'une fille de Vienne racontée par elle-même.*
3059.	Jacques Sternberg	*188 contes à régler.*
3060.	Gérard de Nerval	*Voyage en Orient.*
3061.	René de Ceccatty	*Aimer.*
3062.	Joseph Kessel	*Le tour du malheur I : La fontaine Médicis. L'affaire Bernan.*
3063.	Joseph Kessel	*Le tour du malheur II : Les lauriers roses. L'homme de plâtre.*
3064.	Pierre Assouline	*Hergé.*
3065.	Marie Darrieussecq	*Truismes.*
3066.	Henri Godard	*Céline scandale.*
3067.	Chester Himes	*Mamie Mason.*
3068.	Jack-Alain Léger	*L'autre Falstaff.*
3070.	Rachid O.	*Plusieurs vies.*
3071.	Ludmila Oulitskaïa	*Sonietchka.*
3072.	Philip Roth	*Le Théâtre de Sabbath.*
3073.	John Steinbeck	*La Coupe d'Or.*
3074.	Michel Tournier	*Éléazar ou La Source et le Buisson.*
3075.	Marguerite Yourcenar	*Un homme obscur — Une belle matinée.*
3076.	Loti	*Mon frère Yves.*
3078.	Jerome Charyn	*La belle ténébreuse de Biélorussie.*
3079.	Harry Crews	*Body.*
3080.	Michel Déon	*Pages grecques.*
3081.	René Depestre	*Le mât de cocagne.*
3082.	Anita Desai	*Où irons-nous cet été ?*
3083.	Jean-Paul Kauffmann	*La chambre noire de Longwood.*
3084.	Arto Paasilinna	*Prisonniers du paradis.*
3086.	Alain Veinstein	*L'accordeur.*
3087.	Jean Maillart	*Le Roman du comte d'Anjou.*
3088.	Jorge Amado	*Navigation de cabotage. Notes pour des mémoires que je n'écrirai jamais.*
3089.	Alphonse Boudard	*Madame... de Saint-Sulpice.*
3091.	William Faulkner	*Idylle au désert* et autres nouvelles.

3092.	Gilles Leroy	*Les maîtres du monde.*
3093.	Yukio Mishima	*Pèlerinage aux Trois Montagnes.*
3094.	Charles Dickens	*Les Grandes Espérances.*
3095.	Reiser	*La vie au grand air 3.*
3096.	Reiser	*Les oreilles rouges.*
3097.	Boris Schreiber	*Un silence d'environ une demi-heure I.*
3098.	Boris Schreiber	*Un silence d'environ une demi-heure II.*
3099.	Aragon	*La Semaine Sainte.*
3100.	Michel Mohrt	*La guerre civile.*
3101.	Anonyme	*Don Juan (scénario de Jacques Weber).*
3102.	Maupassant	*Clair de lune* et autres nouvelles.
3103.	Ferdinando Camon	*Jamais vu soleil ni lune.*
3104.	Laurence Cossé	*Le coin du voile.*
3105.	Michel del Castillo	*Le sortilège espagnol.*
3106.	Michel Déon	*La cour des grands.*
3107.	Régine Detambel	*La verrière.*

Composition Traitext.
Impression Bussière Camedan Imprimeries
à Saint-Amand (Cher), le 8 octobre 1998.
Dépôt légal : octobre 1998.
Numéro d'imprimeur : 984857/1.
ISBN 2-07-040137-5./Imprimé en France.

78538